¿PUEDE PRESTARME SU PISTOLA, POR FAVOR?

LARGO RECORRIDO, 144

Lorenza Mazzetti

¿PUEDE PRESTARME SU PISTOLA, POR FAVOR?

TRADUCCIÓN DE NATALIA ZARCO

EDITORIAL PERIFÉRICA

PRIMERA EDICIÓN: agosto de 2019
TÍTULO ORIGINAL: *Mi può prestare la sua pistola per favore?*
DISEÑO DE COLECCIÓN: Julián Rodríguez
MAQUETACIÓN: Grafime

Apartado de Correos 293. Cáceres 10001
info@editorialperiferica.com
www.editorialperiferica.com

ISBN: 978-84-16291-88-5
DEPÓSITO LEGAL: CC-225-2019
IMPRESIÓN: Kadmos
IMPRESO EN ESPAÑA – PRINTED IN SPAIN

I

Hoy he matado a mi padre. O quizá fue ayer. Tuvo que ser ayer*. Cojo mi cuaderno y anoto una frase leída en un manual: «El parricidio es sólo la consecuencia de la costumbre secular de los padres de matar a sus hijos». Cierro el cuaderno y alzo el rostro, pensativa. El tren continúa su marcha y se adentra en un túnel.

Sentado delante de mí hay un señor; se parece a mi padre. En el momento en el que la luz reaparece creo percibir en sus ojos una mirada de odio y reproche. Entonces pienso: mi padre era autoritario y represivo.

El señor que está sentado delante de mí me da una bofetada. Me quedo pasmada. Me llevo la mano a la mejilla. Me levanto, salgo al pasillo.

Me encuentro en este tren, lejísimos de casa. Hay mucha gente, entro en otro compartimento. Me siento. El tren pasa por otro túnel. Delante de

* El principio del libro es una clara alusión al arranque de *El extranjero* de Albert Camus: «Hoy ha muerto mamá. O quizá ayer». La novela de Mazzetti está llena de alusiones a numerosos textos de distintos autores. (Todas las notas son de la traductora.)

mí hay una viejecita, se parece a mi abuela; a su lado, una mujer grande, con los senos muy grandes, se parece a mi madre; al lado de ella hay un cura. Me mira con aire sombrío. Me siento menguar. Cuanto más los miro a todos más pequeña me vuelvo. De repente, soy tan pequeña que los pies no me llegan al suelo. El cura, mirándome a los ojos, pregunta: «¿Cuántos son los misterios de la fe?».

No lo sé. Se yergue por encima de mí y me da una bofetada. Me llevo la mano a la mejilla y me quedo de piedra.

El cura vuelve a sentarse. No soporto su mirada. Me levanto y cambio, otra vez, de compartimento.

Tengo calor, sofoco. Un hombre levanta los ojos de un libro. Se parece a mi profesor. ¡Al diablo todos los profesores y su cultura clasista! Me mira fijamente y después me pregunta a bocajarro: «¿Qué respondió Don Abbondio a los matones de Don Rodrigo cuando le dijeron que aquel matrimonio no podía celebrarse?»*.

Tengo calor. No respiro. Intento recordar y digo: «Ese brazo del lago de Como que se vuelve a mediodía...». Me levanto en busca de un poco de aire, salgo al pasillo, recorro todos los vagones

* Se refiere a una de las novelas italianas más famosas del siglo XIX, *Los novios*, de Alessandro Manzoni, que muchos escolares del país han leído (incluso en «adaptaciones» o versiones para niños).

hasta el último. Me encuentro mal. Me llevo la mano a la frente. Arde. Entro en el último compartimento. El del revisor.

En ese momento me da la impresión de ser un *compañero*. Le sonrío. Es imprescindible dinamitar esta sociedad de mierda.

Me mira atentamente y me pregunta si llevo billete. Busco en los bolsillos pero no lo encuentro. Estoy tan acostumbrada a la honradez que incluso he olvidado que nunca llegué a comprarlo. Salgo huyendo por el corredor. Puedo ver en sus ojos que me considera una loca. Cambio de idea. En vez de prenderle fuego a un centro comercial le prenderé fuego a un manicomio. Desde el fondo, el revisor avanza junto a dos policías.

Mientras corro veo por las ventanillas inmensas arquitecturas de cemento armado. Entramos en un bosque de hierro y piedra. Ya estoy, finalmente, en la gran ciudad. Estaría bien si justo ahora me detuvieran. El tren aminora la marcha, desciende, la luz del día desaparece, se adentra en las entrañas de la tierra.

Al fin, para en la inmensa estación central subterránea de la metrópoli. Las puertas de los vagones se abren y soy vomitada, arrastrada por la muchedumbre. Corro desesperadamente; a lo lejos veo a los policías que intentan seguirme. Me tiemblan las piernas. Me parece sentir sus manos sobre los hombros. No puedo hacer más que gritar: «¡Dios mío, ayúdame!».

Hasta qué punto estoy condicionada.

Continúo con mis pensamientos condicionados. Sólo debo obedecer a mi conciencia, pero ¿cómo hacerlo si también está falsificada? Miro en mi interior buscando mi *Yo* pero sólo veo mis pulmones. Por ahora mi revolución se limita al uso de palabras incorrectas u obscenas, pero soy consciente de que no es con la obscenidad con lo que se destruye el «sistema».

Me voy con mi conciencia manipulada, como está escrito en este librito. ¿Quién puede decirme entonces cuándo, en qué momento, podré liberarme de esto que llamamos «falsa conciencia»?

Si todo lo que digo y lo que pienso ya lo he escuchado antes, si mi cerebro funciona como un registrador, ¿en qué momento podré empezar a expresarme con mi propia voz? ¿En qué momento nazco y otra parte de mí muere? Si mi cerebro está lleno de frases hechas, ¿basta con matar al padre para liberarse? ¿O es necesario matar también a la madre y a los abuelos y los tíos, y a los amigos de los tíos y a los vecinos y a la criada y al sirviente y al buey y a la mula y a no sé quién más?

Parece sencillo ser revolucionario leyendo este pequeño libro, aun así me parece más fácil prenderle fuego a un centro comercial que entender cuándo y en qué punto empieza el final de este largo proceso de condicionamiento.

Admitamos, como está escrito en este opúsculo, que yo haya estado condicionada desde el principio por toda la educación recibida. Ahora que lo sé, y habiendo resultado una tremenda conmoción comprenderlo, debo cambiar no sólo mi forma de pensar, sino también el modo de mirar, de caminar, de sonreír, de llorar, de gritar, de morir. Sin embargo, cuando lloro me siento como mi madre y cuando me enfado como mi padre. No es nada fácil diferenciar cuándo se es uno mismo y cuándo no, ni separar limpiamente la parte que está condicionada de la que no lo está. ¡Pero en este manualito revolucionario todo parece tan sencillo! ¿Cómo liberarse de ese algo, que me invade y me domina por entero, que es el terrible impulso de matar a mi madre y a mi padre?

Miles de padres, vivos o muertos, quizá en este mismo momento, infligen sus castigos a miles de jóvenes que, como yo, viajan con un cóctel molotov bajo el brazo. Quién sabe cuántos de esos chavales, para recuperar ese amor, están dispuestos a volver atrás. ¡En nombre de la familia me declaro engañada! Por supuesto no volveré atrás. Hoy, a más tardar mañana, haré la revolución.

II

Y pensar que mi padre me compró el primer silabario quitándose el pan de la boca; pero a mí estudiar no me gusta y mucho menos trabajar para ganarme la vida, para después poder vivir para ir a trabajar... Ésa es la moral de los padres: obedecer, obedecer, obedecer, trabajar, trabajar, trabajar, acumular, acumular, acumular y, sobre todo, no abandonar nunca la casa familiar.

Según dicen los padres me toparé de frente con un asesino en cuanto me aleje lo más mínimo de ellos. Pero, en cambio, por raro que parezca, no encuentro nada más que una marea de padres y abuelos y madres y tías, pseudo-padres, padres adoptivos, que me sueltan su discurso y dicen: «Oh, hija, hija mía, eres la deshonra de la familia, la vergüenza de la patria, eres mala, mala, mala de corazón, eres inmoral y amoral, tú no quieres a tu padre». Cómo se lo digo, cómo digo que lo quiero, pero que está equivocado, muy equivocado, tiene ideas anticuadas, está lleno de condicionamientos, es todo honradez, un fingidor tan obstinado que ha perdido la noción de aquello que finge. Es un ser alienado que tuvo que rebelarse contra su padre en un determinado momento sólo para lograr sentarse en su trono mientras yo intento librarme de los condicionamientos, de todos los condicionamientos. Por suerte pude hojear en un puesto callejero un libro sobre los reflejos condicionados, de lo contrario en este momento reaccionaría como un perro listo para correr nada más sonar la campana. Cielo santo, y quién al sonar la campana no se siente culpable sin saber de qué, de qué culpa inculcada desde pequeños por nuestros padres.

Ahora quiero ser una mujer emancipada y libre y quiero librarme de todos los condicionamientos y tabúes, pero sobre todo del condicionamiento de mi padre, porque si desobedezco sus órdenes su voz de grillo parlante me perseguirá incluso después de su muerte, incluso después de haberlo matado con un golpe de martillo, estrellado contra el techo, tantas y tantas veces.

Sigue persiguiéndome con los mismos deberes y prohibiciones, pero ya soy una mujer libre, emancipada y absolutamente liberada de prejuicios y obsesiones sexuales.

Y una vez conseguido todo este inmenso proceso de *descondicionamiento,* resulta que me descubro en un mundo aún más insoportable que el anterior, santo cielo, lleno de padres decapitados y tíos degollados, y madres masacradas, de incestos consumados al menos mentalmente, sin saber bien qué hacer con mi libertad. De hecho, ahora que soy libre, libre de hacer cualquier cosa que se me ocurra, ahora que he huido de casa, que he abandonado los cuadernos, que puedo atravesar *el país de los juguetes*[*], que puedo robar en los grandes almacenes, que puedo vivir a mi aire pidiendo cuatro monedas al primero que pase, comprendo que en absoluto soy libre, y que los padres muertos continuarán persiguiéndome mucho más de muertos que de vivos, susurrando una especie de estribillo obsesivo: «Te lo dije, te lo dije», etcétera. En realidad, con toda esta libertad en el bolsillo, y el libre albedrío en la mano, me siento un poco mal, experimento un curioso malestar físico, porque no sé adónde debo ir ni qué hacer.

Al menos antes sabía bien qué hacer y dónde utilizar todas mis energías, para empezar tengo que contradecir a todos los padres y a los abuelos, y a las madres y a las tías, pero incluso habiéndolos matado a todos no sé por dónde seguir, porque es obvio que no puedo matar a personas muertas, aunque no paren de vociferar sin descanso en mi

[*] Se refiere al *Paese dei balocchi*, el país de los juguetes, lugar imaginario que aparece en *Las aventuras de Pinocho*, de Carlo Collodi, donde no hay escuelas, ni libros, ni profesores y casi toda la semana es domingo.

cabeza y en vez de decirme, como de costumbre, lo que debo hacer y lo que no debo hacer o te avisé de que esto te iba a pasar, utilizan términos cada vez más apocalípticos en mis devaneos mentales y que cada vez me intimidan más. Todos juntos me absorben por completo con el arma del chantaje y me susurran continuamente: «Verás qué terribles cosas te acontecerán si no te arrepientes». Y la cosa es de verdad absurda puesto que no sólo no soy culpable de nada, sino que ellos son los imputados.

Y así, dando vueltas y vueltas, caminando, caminando, caminando, llego al corazón de un bosque de cemento armado con una voz que me susurra que tras siete años vendrán otros siete años de nieve y después otros siete de sol abrasador y me hallaré con los zapatos rotos y desgastados. Finalmente acabarán mis penas, pero entonces tendré el cabello y la barba blancos (cosa ridícula, pues soy mujer) porque habré expiado mi culpa (nada menos que *expiar* es la palabra; un contrasentido en sí mismo para una persona que es inocente como yo y que se encuentra, además, en el banco del jurado en vez de en el banco de los acusados).

Es todo un enorme absurdo, puesto que no hace apenas nada que he escapado de casa, sin embargo, como si lo hubiera hecho a propósito, me hallo atrapada en esta maldita estación de la cual no sé salir (porque tampoco sé dónde meterme) casi como en un círculo infernal.

Así que me compro la vigésima chocolatina de la mañana y me da dolor de tripa. Pese al bocadillo, la Coca-Cola y los cigarrillos estoy ansiosa, unas pocas horas me parecen una eternidad. Enseguida tendré el cabello y la barba blancos, y si continúo perdida en el laberinto que es esta asquerosa estación no me quedará más remedio que ponerme a correr en las letrinas de lo nerviosa que estoy. Casi me arrepiento de haber matado a mi pobre padre, estrellado contra el techo por aquel golpe tremendo; quién sabe si en este inmenso vientre de ballena de hierro, que ha engullido una estación ferroviaria entera, no me reencontraré de repente con él.

Entonces echo a correr porque me encuentro con un viejo de pelo blanco, muy parecido a mi padre, y lo llamo por su nombre, pero me contesta que él también está buscando a su padre, y que no era mi padre, y que estaba buscando también a su madre y que yo no era su madre… Entonces he visto a una pobre mujer desolada, que se parecía mucho a mi madre, y un poco a la Virgen, y la he llamado por su nombre. Se ha dado la vuelta y me ha mirado, pero me ha dicho que no era mi madre y que estaba buscando a su padre…

De manera que me he puesto a llorar y a gritar entre la gente que corría y me empujaba y me pisaba, padrecito, padrecito mío, ayúdame, y entonces he oído acercarse, desde un vagón detenido en una vía, una voz que decía: «¡Yo a ti te conozco, granuja redomada*!», y he visto a un viejo que me hablaba directamente a mí y decía que era una granuja redomada, que me había visto robando con sus propios ojos y que era una granuja redomada que había matado a sus progenitores, es decir, a mi madre y a mi padre.

Lloraba sin consuelo, cada vez más fuerte, mi llanto parecía el rumor de las aguas revueltas, del viento, de un océano furioso. Lloraba de desesperación y de malestar, ni siquiera yo sé por qué lloraba, hasta el momento en que me sobrevino una rabia tremenda al ver al viejo, que tampoco era mi padre, dándome aquella charla con todas sus sentencias decrépitas sobre el *bien* y el *mal*, arrojándome encima toda aquella culpa de matar a un muerto. Tuve que reaccionar de inmediato y le grité: «¡Viejo fósil!».

Hubiera tenido que bregar toda una vida para adquirir lo que he robado aquí y allá, en los grandes almacenes, en esta asquerosa estación central

* En el original la expresión es *birba matricolata*, utilizada por Pepito Grillo, amigo y conciencia de Pinocho, para referirse a los hijos desobedientes que preocupan a sus padres.

por la que me paseo con un chicle en la boca, una Coca-Cola en una mano (una cada diez minutos) y un bocadillo en la otra (uno cada veinte minutos), un tocadiscos con catorce discos, una pistola con silenciador, cuatrocientos cuarenta y nueve mil tebeos... En realidad habría tenido que gastar toda mi vida trabajando para poder satisfacer las llamadas *necesidades* y comprar esos objetos de *consumo* mientras siento que necesito algo muy concreto que no consigo encontrar y, sobre todo, que me consumo entera por ese algo, en lugar de consumir eternamente ese algo.

La ansiedad crece hasta tal punto que cada vez lloro más fuerte. Estoy bajo cero. Por suerte, soy libre de llorar, aunque sea algo anticuado. El llanto y la emotividad son cosas del pasado, una chica moderna de verdad no debe caer en tal sentimentalismo, por tanto, para evitar que la gente me mire con demasiada sorpresa, me escondo en los baños públicos. He entrado ya catorce mil ciento sesenta y cinco veces al cine que está bajo la estación, donde se mete la gente que hace tiempo hasta que llega su tren; me meto cada dos horas allí dentro, en aquel tufo lleno de humo, pero cuando salgo otra vez fuera sigo sin saber qué tren debo tomar...

Incluso he comprado libros sobre el consumo de masas, sobre los ídolos modernos y sobre el condicionamiento del hombre contemporáneo que hojeo a ratos. Ahora sé todo al respecto; he comprado también algunos manuales de psicología sobre perversiones sexuales y neurosis, y me parece que padezco todo tipo de enfermedades mentales y de perversiones psicofísicas, incluso esquizofrenia, manía persecutoria y delirio de grandeza, así como epilepsia y, por supuesto, catatonia. De hecho creo que soy, en definitiva, catatónica.

El asunto me preocupa. Sería gracioso que yo, que me tengo por una chica emancipada y libre de todo condicionamiento, que llevo los bolsillos llenos de anticonceptivos y el saco de dormir a la espalda y estoy a favor de la revolución sexual, sólo por estar condicionada por fuerzas oscuras que desconozco, no consiguiera salir de esta asquerosa estación, libre de ir y venir, paralizada sencillamente por esa misma libertad. Para morirse. Sería muy gracioso que, después de haberme convertido en una chica libre y emancipada, ignorase que estoy paralizada por cualquier viejo tabú oculto.

Pero, santo cielo, el libre albedrío, me encantaría saber de verdad en qué consiste, puesto que, incluso siendo una chica libre y emancipada, sigo aquí sentada entre esputos y pies ajenos, enfangada en una serie de razonamientos y de pros y de contras, totalmente incapaz de ejercer de persona libre pues soy del todo incapaz de tomar una decisión. ¿Qué significa ser libre si luego no se sabe ni qué tren coger ni adónde ir?

Jesús, Jesús, ayúdame.

Y, entonces, tomo una decisión; decido tirar tres monedas al aire y dejarlo todo en manos del azar.

III

Sale cruz en lugar de cara, significa que debo parar a todos los hombres que pasan por mi izquierda. Se trata de empezar la conversación con una excusa cualquiera tal y como me han prohibido siempre que haga: no se habla con desconocidos, no se acepta nada de desconocidos, no se va con desconocidos. Estoy tan contenta de haberme librado de las madres y las tías y los padres sólo por el placer de hacer lo que me dé la gana, además de las cosas prohibidas. Es una diversión loca parar a los hombres por la calle sin tener que escuchar todas esas advertencias sobre las mujeres que deben esperar a que los hombres les den caza. Hay chicas que, todavía hoy, si se cruzan en su camino con un chico que podría ser su tipo, no le dicen nada, en cambio yo los paro; aunque suele ocurrirme que, al final, tampoco son exactamente mi tipo. Aparte de esto, debo admitir que no tener ya tíos ni tías tras las esquinas de cada calle es una ocasión única y que, además, todos los peligros de los que hablaban los padres de la sacra familia han resultado ser inexistentes. No me he topado con ningún monstruo ni asesino, o con un malvado sabedor de que es malvado. Pero sí con todos esos que se consideran inocentes y de buena fe, incluso los malvados. Cada uno de ellos, como es lógico, siempre bien justificado, por la fe o por la razón o por un impulso, para hacer aquello que hace.

Estoy segura de que en toda la Tierra no hay ni un solo hombre que no tenga sus buenas razones para ser como es, incluso me parece que todo mi cansancio y el de la Humanidad proviene de la búsqueda de infinitas justificaciones para todo aquello que somos y hacemos; y que sólo puede ser de verdad malvado quien hace el mal consciente de hacerlo; y yo me pregunto si hay algún hombre tan estúpido como para no hallar una justificación lógica y racional para lo que hace.

En conclusión: no hay malvados en este mundo. Todos inocentes. Así que ahí voy, perfectamente justificada y de buena fe pero con un sentimiento de culpa en el corazón que no sé bien de dónde proviene, ya que actúo de buena fe, sobre todo cuando pienso que incluso los más malos de todos los malos han exterminado a los judíos o han lanzado la bomba atómica de buena fe. Entonces me pregunto por qué mis padres me llenaron la cabeza de malos y de asesinos, todos escondidos tras la tapia que rodea la casa familiar.

Lo cierto es que toda esta marea de inocentes me parece algo aburrida, me encantaría encontrar un individuo fuera de lo normal, que no estuviera amparado por la fe ni la razón para hacer lo que hace.

Con todas estas ideas en la cabeza me dirijo hacia el primer tren que pasa. Han transcurrido apenas unos minutos de agradable conversación desde que salimos cuando el hombre que estaba en el compartimento se me ha echado encima como un monstruo de mirada sombría mascullando: «¿Qué hay de malo? ¿Eh? ¿Qué tiene de malo?».

Y, ante una pregunta como ésa, me he quedado paralizada por los razonamientos, buscando en vano algo que estuviera mal en su conducta, pero no lo he encontrado. La situación era incómoda pues era obvio que él, como todas las demás personas de buena fe, creía estar haciendo el bien. Por otra parte, yo, pensándolo mejor, no conseguía ver nada malo o reprobable en el hecho de que alguien se me abalanzase encima. También resultaba difícil decirle que no me gustaba, poco amable incluso. Así que continué diciendo que no, exactamente igual que todas las chicas retrógradas y no emanci padas, mientras él se me acercaba cada vez más con su: «¿Qué tiene de malo? ¿Qué tiene de malo?».

No deberían preocuparme los problemas filosóficos sobre el bien y el mal, pero me basta una pregunta como ésa para paralizarme durante una hora buscando la respuesta correcta. ¿Cómo decirle que no me gustaba porque tenía la boca muy grande, y las orejas muy largas, y el hocico muy largo, y la cola hirsuta y el pelo brillante como el de un lobo?

No me gustaba nada y no se me ocurría un argumento lógico que me permitiera hacérselo saber, de modo que he empezado a hablarle igual que le hablaba a mi padre antes de matarlo; es decir, he empezado a aconsejarle que no estaba bien importunar a una pobre chiquilla, y que no era nada gentil por su parte saltarle encima.

Lo cierto es que hacía tiempo que esperaba una oportunidad como ésta para demostrarme a mí misma mi feroz feminidad, pero incluso libre y emancipada no había previsto, precisamente, que no todos los hombres me gustan. Por ejemplo, los hombres monstruo con la cara encendida no me gustan.

No obstante es necesario recordar que los monstruos son monstruosos sin querer, y también actúan de buena fe y no debería ser nada malo hacer el amor con un monstruo puesto que en este mundo no veo apenas seres humanos. ¿Seré acaso de ascendencia divina?

También en el cuento *La bella y la bestia* ella está con el monstruo, con la diferencia de que el monstruo no es un monstruo. Pero, sin embargo, se trata de un monstruo de verdad, pese a que no sabe ser un monstruo, y si lo es no lo hace adrede y, en realidad, actúa de buena fe.

Mientras estaba allí, pensativa, incapaz de resolver en dos minutos el problema del bien y del mal, incapaz de utilizar las monedas para dejar que decidiera el azar, tenía ya al monstruo totalmente encima de mí, empezando a tirar de los botones para arrancarlos. Entonces salté fuera del compartimento, gritando, con el monstruo detrás persiguiéndome por el pasillo.

Corrí, corrí, madre mía, cuánto corrí sin llegar a ninguna casita en un claro del bosque, sin encontrar ningún hada. Ninguna. Me vuelvo y veo al monstruo a dos pasos de mí. Sigo huyendo, papá, papá, ayúdame, tenías razón, los monstruos existen y el peligro también. Papá, papá, ayúdame, sálvame, por favor.

De repente, mientras gritaba, he escuchado una vocecita parecida a la del grillo parlante y también a la de mi padre que decía: «Pequeña granuja redomada, te tengo dicho que no te escapes de casa, que no vayas con desconocidos, que el mundo está lleno de trampas y los malvados están a la vuelta de cada esquina, que lo que tienes que hacer es estudiar estudiar estudiar y trabajar trabajar trabajar para ganarte la vida como una persona honrada honrada honrada, por la dignidad de la patria y de la familia, porque así es, porque eso es lo que hace todo el mundo, porque es así y basta…».

Rabiosa, le he contestado que, para su información, yo no era una chica normal, ni un individuo normal, puesto que tengo una misión que cumplir en este mundo y que, precisamente, no estoy en este mundo ni por casualidad, ni para obedecer ni trabajar, pero sí para provocar un cambio, para rescatar y voltear la inercia espiritual en la cual la Humanidad deshumanizada, robotizada y cosificada (aquí se ve la influencia de un librito de sociología que acababa de leer) ha caído.

Que por lo tanto no podía obedecerle, aunque me dijera que era mi padre, y que lo más probable es que me estuviese ocultando el hecho de que en realidad era mi padre adoptivo, y que yo era, sin ningún tipo de duda, de origen divino, pues tengo muy desarrollada la vocación de redimir a la Humanidad. Finalmente, le he dicho que para cambiar el mundo hacía falta proponer una nueva moral, otro concepto de bien y de mal, y que estaba un poco aturullada porque ése es el punto crucial, y que este problema se había convertido en una obsesión de la que no conseguía librarme. Para empezar, ese pobre diablo que me persigue no es un malvado, es sólo un hombre de buena fe, justificado y con la conciencia tranquila, que lo único que quiere es poseerme y no veo qué hay de malo en su deseo ni en el hecho en sí, puesto que soy partidaria de la libertad sexual, y dado que si no tuviese la boca tan grande, las orejas tan grandes, los brazos tan grandes y los dientes afilados, la cola larga y el pelo brillante, padrecito mío, ya me hubiera entregado a él. Y puesto que el mal, como es obvio, no existe, no es, ciertamente, culpa suya tener la cara y las manos grandes, los pies grandes, los dedos grandes y, puesto que los malos saben que son malos, mientras que, por el contrario, los monstruos inocentes actúan de buena fe, mi conclusión es: o la inocencia y la buena fe son el pecado o no existen ni el pecado ni los pecadores...

Mientras hablaba con mi *pobre* padre he notado el aliento del *pobre* hombre honesto que estaba a punto de atraparme, *pobrecito*, todo trastornado de buena fe por mi culpa. Y cuando estaba a punto de devorarme, he gritado de nuevo con todas mis fuerzas: «Padre, padrecito mío, ¿por qué no me ayudas? No lo haré más, no te abandonaré nunca más, papá...».

Éste es mi drama, querer ser una chica emancipada, incondicionada, desrobotizada y descosificada y, sin embargo, basta una nimiedad, basta con hallarme con una dificultad, para que todas mis consideraciones se vayan a paseo y vuelvan a mí otra vez todos los condicionamientos inculcados por los papás y las mamás; de buena fe, por descontado.

IV

El tren se detiene y me bajo. Para mi sorpresa, ha vuelto exactamente al corazón de la estación central. ¿Había hecho un viaje circular para volver al mismo lugar? Consternada, me siento en un sitio lleno de humo donde grandes cocineras atienden a los clientes a través de pequeñas ventanillas.

–Discúlpeme, señor, ¿le molestaría que me sentase aquí?

–Por supuesto que no, señorita –respondió el señor grande y muy gordo que se hallaba justo frente a mí.

–¿Usted no come? –me preguntó el señor grande y gordo, que a mi parecer se hacía cada vez más gordo.

–Sí –contesto–, probaría con mucho gusto un poco de su pollo si a usted no le importa.

Podría afirmar con total seguridad, si no tuviese dudas sobre la certeza de mi afirmación, que me pareció que el señor se erguía por encima de mí con unas proporciones casi gigantescas, aunque no tan grande como mi padre cuando se inclinaba sobre mí para decirme alguna cosa terrible que ahora no recuerdo bien pero que, con seguridad, debía de ser la típica frase que los padres dicen a los niños malos que se han comido la mermelada sin permiso, alguna cosa como «mira que llamo al Bao Bao». Quién sabe qué sería aquel Bao Bao al que mi padre llamaba cuando me portaba mal; los padres son muy estúpidos por pensar que una niña pueda impresionarse por un Bao Bao, sin embargo, pensándolo bien, su maniobra funcionaba perfectamente, pues mi terror era total, pero no porque tuviese miedo del Bao Bao (puede que yo tenga *mal corazón,* pero *estúpida* no soy), sino de mi propio padre, que inclinándose hacia mí con su cara enfadada, y señalándome con el dedo, parecía agigantarse a ojos vista cuanto más me apuntaba con el dedo y cuanto más desaparecía de su rostro la sonrisa y el afecto, por lo cual mi padre conseguía aterrorizarme siempre creyendo que lo que me aterrorizaba era el Bao Bao, aunque lo que de verdad sentía era una enorme angustia de verlo como un gigante ante mí, transformado en una especie de Bao Bao malísimo que no me quería y me juzgaba mal.

Pero ahora, desde mi sitio, sentada como estoy frente a este señor *tan amable*, que me ofrece un trozo de pollo, en concreto el muslo, la mejor parte según dicen, no veo por qué me parece tan enorme como mi padre cuando se me acercaba enfadado...

Para no faltar a la verdad, hay que decir que el señor, en efecto, ha sido muy atento y educado, pues cuando le he dicho que me llamo Penny y que he abandonado mi casa porque me siento del todo madura, preparada para ser una chica independiente y libre de las imposiciones paternas y maternas, él ha hecho un gesto comprensivo con la cabeza y me ha ofrecido un poco de vino, pues ha entendido que no tengo dinero porque acabo de dejar atrás los muros familiares.

–Muchas gracias, señor –le digo–, es usted muy *amable* y *comprensivo*, y si me invitase también a un trozo de su tarta le estaría inmensamente agradecida.

Mientras pronuncio todas estas frases me doy cuenta de que me queda por delante un largo camino para llegar a abolir en mí todo el residuo de la vieja educación compuesta de frases hechas y formalidades.

Huir de casa para acabar comportándome según todas las buenas maneras que me impusieron las tías y las abuelas y los padres y las madres sería de idiotas, y si hay algo que yo detesto es la falta de coherencia; de hecho, mi único deseo es ser una persona coherente y sensata al máximo, racional, sobre todo para desbaratar la maldición que pesa sobre mi edad, considerada por ellos (tías, abuelas, padres y madres) como inmadura.

Pese a mi deseo de librarme de las reglas de corrección, continúo siendo en exceso educada, algo que detesto; y quizá mi debilidad sea consecuencia, supongo, del hecho de que al señor le interesaba muchísimo de dónde venía, cosa que yo, muy educadamente, no tenía ninguna intención de confesarle. De manera que cuando me ha preguntado: «¿Quién eres?», le he contestado: «No le sé decir, señor, sólo sé quién era esta mañana cuando me levanté, pero ahora mismo no sé muy bien quién soy, creo que he cambiado ya un par de veces».

–¿Qué quieres decir? –ha preguntado entonces el señor haciéndose cada vez más gigante.

–Creo que no sé bien cómo explicarlo, señor –he contestado enrojeciendo–, porque verá, he comprendido tantas cosas desde esta mañana, en esta gran estación central a la que he llegado, que ya no sé bien quién soy y, en cierto sentido, ya no soy yo misma.

–No lo veo... –ha contestado el señor haciéndose cada vez más grande y adquiriendo el aspecto del Bao Bao.

–Creo que no me estoy explicando bien, señor –le he respondido con toda la amabilidad posible–, quizá porque aparte de que ya no soy yo misma, lo de cambiar de tamaño tantas veces al día tiene un cierto efecto, comprende...

–No comprendo... –dice el señor, agigantándose de tal modo que he dudado si tal vez era yo la que estaba menguando.

De hecho, cuanto más comía de aquel pastel del señor más me sentía empequeñecer, hasta que me he hecho tan diminuta que el señor tenía que inclinarse mucho hacia adelante porque prácticamente yo había desaparecido de su vista.

–Creo que debería decirme quién es... –ha insistido con un tono muy antipático de Bao Bao.

–Soy una chica... –le he respondido dudando tras mis varias metamorfosis en pequeña o grande según lo que bebo o como, y según las personas con las que me encuentro.

–Conozco a las chicas que se escapan de casa –ha dicho el señor recuperando su pastel–, siempre acaban con el primer desconocido que las pilla y que hace con ellas lo que quiere.

En ese momento se parecía tanto a mi padre en el tono y en la expresión que, con mucha amabilidad, le he contestado que precisamente él era el primer desconocido con quien me sentaba a comer y que eso no significaba en absoluto que pudiese hacer conmigo lo que quisiera.

–Por supuesto que no –contesta el desconocido indignado–, porque tú, querida niña, has tenido la suerte de toparte con un desconocido que es una persona honrada.

Entonces le he replicado que, en efecto, él tenía toda la razón, pero que no me había escapado de casa para encontrarme con desconocidos que son personas honradas, pues para eso hubiera sido mejor quedarse en casa con mi padre y mi madre; el problema es que uno sale de los muros paternos y maternos y no encuentra otra cosa que padres adoptivos.

–Discúlpeme, ¿estamos en Nueva Zelanda o en Australia? –le pregunto por cambiar de tema.

–Ésta es la estación central y yo voy a llevarla enseguida con sus padres –me ha amenazado, puesto que se trata de una persona honrada. Pero luego debe de habérselo pensado mejor y me ha llevado a un cuartucho, una especie de zaguán de un almacén de leña de la estación.

De repente, he pensado que mi gato se sentirá muy solo esta noche, y me ha invadido la nostalgia de mi casa, y de mi bonita butaca de terciopelo, en la que, sin duda, él estaría tumbado ahora, privado de mis caricias, y también de mi cama y de mis sábanas limpias y del calor, mientras, sin embargo, estaba aquí buscando convertirme en una chica madura, responsable y auténtica, decidida a elegir mi propia vida a toda costa, mi propia actitud y a no sufrir más abusos ni imposiciones.

El señor se hacía cada vez más enorme y más gordo, y mientras me apretaba contra sí yo me decía que era lo bastante adulta para poder escoger mi vida y decidir a mi gusto si me dejaba abrazar por un desconocido, por un bandido con su pistola y todo, o si me casaba con un jovencito como es debido y como tanto agradaría a mi familia, lo cual me resultaba terriblemente tedioso.

–¿Por qué va usted armado? –le pregunto. Él, irritado, me contesta:

–Penny, ¡ni se te ocurra tocar la pistola!

Era un bandido, un proscrito, un rebelde contra la sociedad.

–Yo también soy una proscrita –le digo.

–Penny, deja la pistola, te lo ruego, ¿te parece que éste es el momento?

–Estoy a favor de la guerrilla, ¿y tú?

–Yo no –musita, y vuelve a abrazarme.

–Tu revolución es estéril e individual y, por eso mismo, equivocada –le respondo con firmeza. No me escucha, ocupado como está con mi oreja izquierda y murmura:

–Cuando hayas acabado de predicar, avísame.

–Acabaré cuando te haya convencido de que hay otra forma de rebelarse contra la sociedad: la lucha política.

–¿Te parece que éste es el momento de hablar de política? –Sigue mordiéndome la oreja.

–La lucha revolucionaria tiene como objeto rescatar a la Humanidad, en cambio tu lucha es individual...

–Hablamos en otro momento, valiente Penny. Pensemos en el amor. –Suspira el bandido.

–¿El amor por los oprimidos?

–No, en el nuestro.

Tiene la cara roja y resopla en mi cuello. Me aprieta tan fuerte que me da miedo y me hace daño. Tan grande y tan gordo clavado contra mí. Soy una chica libre, estoy dispuesta a entregarme a un revolucionario, pero no a un bandido cualquiera.

–¿Qué te pasa?

–Nada –digo intentando librarme de él–. ¡Déjame!

–¿Por qué? –gime el bandido mientras yo me abrocho la camisa–. ¿Por qué? ¿Por qué?

–Mañana, mañana nos vemos –le ruego.

–No, ahora –ordena.

–Mañana –le insisto.

–Te esperaré aquí a la misma hora –responde.

Huyo para ordenar mis ideas. Dios mío, me arrepiento de mis pecados con todo mi corazón...

Quién sabe por qué en un momento como éste me tiene que venir a la cabeza el catecismo y el *acto de contrición*. Qué extrañas bromas gasta la memoria.

Entretanto, he escapado con su pistola. Ahora podré llevar a cabo mi misión.

V

Me arrepiento de haber renunciado al bandido, en parte porque encontrar a un verdadero bandido con su pistola y todo no es algo que ocurra a menudo. Me quedo adormilada en la sala de espera de segunda clase. Me siento infeliz. Había dado por fin con un hombre capaz de levantarse contra esta sociedad de capitalistas explotadores y lo había abandonado. Ahora estaba sola, en el frío, y de nuevo hambrienta, mientras mi protector, mi padre adoptivo, quién sabe dónde estaba y quién sabe si volvería a la cita.

En esta estación no entra nunca la luz del sol, está toda iluminada con luces de neón, así que no sé decir si tengo hambre porque es la hora de la cena o la hora de comer. Me he quedado dormida en la silla y he soñado que dormía en mi casa, caliente, con mi gato en las rodillas, tras lo cual no resulta nada agradable despertar en una sucia estación.

Me he levantado y me he puesto a vagar por los laberintos, avanzando por las inmensas escaleras de hierro que dan acceso a la parte más profunda del subterráneo. Los trenes pasaban a toda velocidad. He bajado muchísimos escalones. Creo que he llegado al fondo y confieso que en el ambiente flotaba un hedor insoportable.

–Perdone, ¿a qué se debe este olor? –le he preguntado a un hombre.

–La alcantarilla –me ha dicho y ha seguido su camino con prisa.

Mientras, a mi alrededor, he visto a unos niños demacrados que chapoteaban en aquel lodo. Hubieran sido guapísimos de haber comido tanto como yo en mi vida. Las moscas se les pegaban y hacía un calor terrible allí, bajo tierra. Y observando toda aquella miseria me he dado cuenta de que yo no era más que una pequeña burguesa que había vivido hasta el momento con toda comodidad.

Dios mío, ¿cómo volver a casa para seguir formando parte de todos los que viven en el bienestar?

Hoy mismo haré la revolución, o quizá mañana.

No estaré nunca de parte de los opresores. Santo cielo, con toda esta gente desnutrida, paralizada, que espera la revolución. Pero ¿de dónde parte una revolución? ¿Quizá todos aguardan, al igual que yo, a que algún día llegue? Lo cierto es que, si no hubiera salido nunca de mi casa, no habría podido ver y tocar la miseria con mis manos.

Angustiada, vuelvo a la estación central en el ascensor y me pongo a buscar al bandido para darle un importantísimo discurso sobre la pobreza y sobre la lucha para la abolición de clases. Me pongo a escribir los principios fundamentales de la lucha de clases para poder detallárselos. Luego, cansada, decido ir al cine, pero no me queda dinero. Me pego a un señor que estaba haciendo cola para ver *Edipo Rey* y le pido que me compre la entrada.

Debo decir que ha sido muy amable y cortés, así que hemos entrado juntos y él ha sido muy gentil. Yo se lo he agradecido tanto que casi lloro.

En este cine proyectan películas hasta el *infinito* y uno puede quedarse aquí hasta el *infinito*, cosa que yo hubiera hecho con *infinito* gusto, puesto que sentía tanta nostalgia de mi padre que me parecía estar sentada junto a él. Pero después me ha parecido que el señor, bien al contrario que un padre, no era otra cosa que un viejo sátiro, así que me he esfumado con la excusa de ir al servicio.

El humo de la estación subterránea, la gente sobre la tierra, bajo tierra, los servicios para caballeros, para señoras. Me hallaba encerrada en uno y no conseguía abrir la puerta. La idea de quedarme allí atrapada toda la vida era del todo horripilante. No soy ninguna de las miles de personas que hay en la estación central y ni siquiera siento que tenga nada en común con ninguna de ellas.

Qué extraordinario destino, abandonar la casa familiar para hacer la revolución y acabar en un cuartito minúsculo encerrada con llave, en una letrina pública, en cuyas paredes puedo leer muchas frases obscenas y ver algunos dibujos. Mi padre no me ha hablado jamás de sexo. Siempre he imaginado a mi padre como alguien que me concibió por voluntad divina junto con mi madre.

De hecho, sólo quien nace de un vientre inmaculado puede llegar a ser diferente a los demás, y quizá a esto se debe mi comportamiento, o quizá es al comportamiento puritano y burgués de mis padres al que le debo mi convicción de ser de origen divino. Cuántas ideas puede tener una, de repente, fuera de casa, encerrada en el cuartito de un aseo público, todo pensamientos oscuros y desconocidos para mí.

Por ejemplo, se me ocurre que la hoja de parra no es otra cosa que el símbolo de los cinco dedos que cubren como un veto el punto clave de la situación. Se me ocurren otras cosas, por ejemplo, deduzco que si existe un veto, una prohibición, debe existir siempre un deseo de transgredirlo.

Lo que me lleva a concluir que, en el fondo, Adán y Eva tenían ese deseo mucho antes de que Dios estableciese la prohibición. Y desde aquel momento, todas las prohibiciones con las que me han atosigado desde que nací no combatían otra cosa que los deseos que yo tenía en mí todavía ignotos. ¿No será esto de sentirme llamada por el altísimo un síntoma de locura? Seguro que quien escucha las voces del altísimo es un loco y ciertamente yo escucho una voz que truena desde lo alto de los megáfonos de esta estación y que sigue diciéndome: «Te arrepentirás».

Lo más terrible es que empiezo a sentirme culpable.

Todavía no he rendido cuentas con el destino.

Puede parecer, llegado este punto, que soy presuntuosa por sentirme diferente a mis congéneres, pero el hecho es que los demás tienen ese semblante destemplado y mortal que no se ajusta nada a quien, como yo, es en cierta manera inmortal.

No creo que tener un alma sea un hecho científico. Sin embargo, debo admitir que existe una cierta contradicción entre mi deseo de librarme de condicionamientos religiosos y hacer estas reflexiones sobre el alma. El camino hacia la emancipación absoluta de lo irracional y de la magia es difícil, no obstante, lo confieso, es mucho mayor el odio que siento por los coches que el que siento por Dios.

De todas formas estoy decidida a tomar conciencia de mi alienación religiosa y de la instrumentalización de Dios en perjuicio de la clase oprimida. No es casualidad que me encuentre en esta estación con un cóctel molotov bajo el brazo. Seguida y perseguida. Probablemente todos mis datos estén ya en poder de la policía.

Tampoco parece casualidad que esta puerta no se abra. Tras ella, seguramente, hay un agente camuflado. Levanto la cabeza por encima de la pared que divide los baños de señora de los de caballero, veo la cabeza de un hombre con bigote que mira alrededor. Desaparece en cuanto lo miro. Estoy segura de que es un policía. Casi todos los señores burgueses son policías. La violencia en este país está oculta.

Intento abrir la puerta. Salgo del servicio sabiendo que me vigilan. Para mi sorpresa miro atrás y veo cómo un ángel entra en el retrete.

Me parece imposible que el mismísimo Lutero, según se dice, tuviera en un retrete una revelación, la revelación de Dios, o quizá de Satanás, a menos que no fuese concretamente la de la toma de conciencia de nuestra naturalidad y corporeidad, cosa que me resulta difícil de aceptar.

Para meditar mejor sobre el problema de la «gracia» voy a sentarme en una gran sala de espera con aspecto de tercera clase.

Allí estaba el bandido. Furioso porque me había esperado mucho rato se ha abalanzado de golpe sobre mí.

–Hagamos el amor –decía, intentando en vano abrirme la casaca de soldado napoleónico con botones dorados–. ¿Qué es esto que llevas puesto? –pregunta.

–¿Por qué? ¿No te gusta?

–Es muy difícil desabrocharlo.

–¿Me has traído la pistola? –le reclamo.

–No tengo ninguna pistola que darte.

–Pues dame un fusil.

–No tengo fusiles.

–Entonces, dame una granada de mano.

–No tengo.

–Pues no me quedo.

–Penny, sé buena, dime, ¿para qué quieres una pistola? –dice él estrujándome.

–Tengo una misión que cumplir.

–¿Por qué nunca hablas claro?

–Lucho por la negación global.

–¿Has cambiado de idea? ¿Ya no quieres hacer el amor?

Me pareció que el bandido lloriqueaba.

–Tenemos que hablar –lo insto–. Tenemos que unirnos para derrocar el sistema.

–No soy comunista; sin embargo, me gustas aunque seas una revolucionaria.

Me agarra por el pantalón y me lo rompe.

–¡No! ¡Con violencia, no!

–Pero ¿no has dicho que eres partidaria de la violencia?

–Sí, pero de la violencia contra el sistema.

–Si no te callas te devuelvo a tu casa con una orden de extradición.

–¡Atrévete!

–¡Puedo hacer lo que me dé la gana! ¡Furcia! –Me suelta un bofetón y luego otro. Me quedo desconcertada.

Dios mío, ayúdame, me digo, y salgo huyendo. En mi carrera tropiezo, en la esquina de un pasadizo, con una señora igualita que mi madre. «Discúlpeme, señora», le ruego. Pero ella me suelta una bofetada mientras me grita «¡desvergonzada!». Me deja de piedra.

Miro atrás y veo al bandido con dos policías. Lo han atrapado, pienso, pero para mi sorpresa apunta con el dedo hacia mí gritando: «¡Cogedla, cogedla!».

Casi me atrapan, pero le he pegado un mordisco a uno de ellos y me he liberado de sus manos. He seguido descendiendo por una escalera oscura hasta que los he perdido de vista.

He corrido tanto que debo de haber llegado al centro de la Tierra.

VI

Me he refugiado en una especie de bar con un horrible sentimiento de culpa, no sé si por no haber llegado al final del asunto o, incluso, por no haberlo iniciado siquiera. Quién sabe si las demás chicas también se sienten así de confusas. Quién sabe qué piensan los hombres cuando besan a las chicas. Y ¿qué pensarán las chicas que tintinean como un carillón cuando alguien las besa? Me preocupa la idea de no tener ningún dominio sobre las emociones que se desarrollan en mí según un mecanismo misterioso, una secuencia de ecuaciones que no conozco aún y de las cuales ignoro el resultado. Una vez desencadenadas estas emociones podría alcanzar un punto en el que mi voluntad pierda toda efectividad. Y entonces me pregunto, ¿en qué momento aparece o desaparece lo que llaman libre albedrío?

¡He hecho un esfuerzo enorme para ser libre, como para acabar descubriendo que estoy a merced de fuerzas instintivas y ocultas, ignotas, que se forman dentro de mí, más allá de mí y me someten sin que me dé cuenta! Debo admitir que mientras el bandido me besaba todos los problemas sobre el libre albedrío me rondaban por la cabeza sin ser yo capaz de explicarlos. A saber cómo se comportan las demás chicas, quién sabe si, igual que yo, esperando toda la dulzura del mundo acaban desesperadas hasta la locura por hombres con camiseta preparados para el combate.

¡Oh, Dios mío! Mira qué terrible es el estado en que me encuentro. Mientras las demás niñas florecen yo me hundo en la angustia sin comprender por qué, puesto que no creo en los tabúes y sí en la libertad sexual. Debo aceptar que, incluso creyéndome libre, hago aquello que no quiero y quiero lo que no hago.

En el bar aparece un tipo que me ofrece un bocadillo y luego empieza un discurso sobre cosas muy procaces y pornográficas, en mi opinión. Ha sido ver cómo me ruborizaba y me ha congelado con una mirada de sorpresa preguntándome si realmente era yo una chica emancipada o no. Le he asegurado que sí, que hablase con toda libertad, que yo era una chica emancipada. Me ha preguntado: «¿No te escandalizarás por esto?», y yo le he insistido en que hablase de lo que quisiera, pero él ha continuado preguntando si me escandalizaba. ¿Escandalizarme yo? Jamás, y otra vez le he dicho que estaba emancipada y que para nada me iba a escandalizar. Y el tipo venga a decir obscenidades mientras mi maldito rostro continuaba ardiendo.

Entonces, me suelta que si soy una reprimida o qué, si no será que estoy, por casualidad, algo cohibida. Y yo empeñada en que no, que ni era una reprimida ni estaba cohibida; y él venga a hablar del orgasmo. Declara que es la única cosa importante de la vida; según su razonamiento nadie conoce el orgasmo excepto él, y por eso hay guerras, porque la gente no tiene orgasmos, si por él fuera todos tendrían derecho al orgasmo y así no habría más guerras, porque el orgasmo es la salvación de la Humanidad.

Y yo venga a darle la razón, para que no pensase que no sabía lo que era el orgasmo. Lo cierto es que sus afirmaciones sonaban bien y eran como deben ser, y además profundamente filosóficas; nunca hubiera pensado, en realidad, que la guerra pudiera evitarse con el orgasmo; desde ese punto de vista todo sonaba muy sencillo. No era necesario que me inmolase por la revolución, sólo que alcanzase el orgasmo.

A mi alegación de que Cristo y Kierkegaard habían sido grandes hombres sin necesidad de orgasmos y que habían aportado paz y amor al mundo, me ha contestado que tanto Cristo como Kierkegaard como Lenin hubieran hecho mucho mejor todo lo que hicieron si hubiesen tenido orgasmos, a lo que yo he añadido que quizá Dios nos habría creado mejores si hubiese tenido un orgasmo. Él ha clavado entonces sus ojos en mí y ha sentenciado: «Pero ¿todavía crees en Dios?». Le he dicho que no, claro, pero ruborizándome y muy avergonzada.

Con este tipo de hombres queda una muy mal manifestando que todavía cree en Dios, además del hecho de que tengo ideas un poco confusas al respecto y de que, efectivamente, no creo. Toda esta historia de los huesos mondos y de la tumba y de acabar en un féretro me angustia un poco; no consigo aceptar el hecho mismo de acabar ahí sin que haya nada después, así que de vez en cuando me asalta la idea de la inmortalidad y, por tanto, de Dios, porque me ayuda a salir fuera de la tumba.

Por otro lado, esta estación es tan horrible y la gente que me voy encontrando tan monstruosa que a ratos me pregunto si en una playa desierta no sería capaz de escuchar la voz de Dios.

Me guardo bien de decir este tipo de cosas; pero no soporto que se hable mal de Cristo, de Kierkegaard y de Lenin, quien, por otra parte, estaba casado pero según este fulano no era sexualmente feliz y entonces le he contestado que prefería a las personas que se ocupaban también de otras cosas aparte del orgasmo, visto que las guerras estallaban no sólo si el pueblo reprimía su sexualidad, sino también y sobre todo si el pueblo reprimía su inteligencia, su espiritualidad, su dignidad y su alma...

No debí haberlo reconocido nunca; me ha atacado entonces con la historia de que era una anticuada y que no podía seguir hablando con alguien tan anticuado como yo, que todavía era capaz de creer en el alma. Le he explicado que yo no creía en el alma pero sí en el espíritu. Pero él se ha echado a reír diciendo que no podía hablar con alguien tan retrógrado como para creer en el espíritu, y que el hombre no es más que sexualidad reprimida y que yo no era más que una reprimida.

¡Santo cielo! No podía pronunciar nada más terrible e insultante que eso. Le he dicho que se equivocaba y que yo no tenía ningún prejuicio de tipo sexual, y que precisamente había huido de casa para ser libre. Entonces me ha invitado a hacer el amor con él asegurando que si no me atrevía a aceptar su invitación era una reprimida. Le he dicho que eso era ridículo y que podía perfectamente irme con él sin ningún tipo de escrúpulo...

A continuación me ha soltado que para nada iba yo a tener el valor de desnudarme delante de un desconocido puesto que estaba llena de desconfianza; una pacata que pensaba que el sexo era pecado, y ahí le he contestado que de ninguna manera pensaba que el sexo fuese pecado y que no me daba vergüenza alguna desnudarme delante de nadie, incluso si él pensaba que yo pensaba que él lo pensaba.

En cuanto hemos entrado en el cuartucho de antes, me ha puesto las manos encima.

He sentido un enorme disgusto, sinceramente. No sé si por efecto de la estación en general o por él, pero con tal de no admitir que soy una reprimida me he ido metiendo en situaciones cada vez más embarazosas para demostrar, no sé bien si a él o a mí, que era una mujer libre.

Así que otra vez me he encontrado con las manos del tipo alrededor del cuello, con unas ansias de ahogarme por pura rabia, porque él ya estaba listo para el orgasmo mientras que yo seguía disertando sobre el libre albedrío. Es más que obvio que los monstruos y los asesinos existen de verdad y se esconden bajo cierto tipo de pacifistas, todos a punto para el orgasmo.

¡Cielo santo! Qué razón tenía mi padre cuando me decía que no hablase con desconocidos, y que había asesinos por todas partes. Acabar precisamente siendo víctima de un monstruo; si ya me lo dijo mi padre: te arrepentirás, etcétera… y, para colmo, soy justo del tipo de persona que se encuentra con una media al cuello, apretada apretada apretada, y sin embargo piensa que no está bien defraudar así a un pobre hombre en busca de un orgasmo.

No es que existan los asesinos, existen las personas ávidas de orgasmos que se encuentran ante chicas como yo, por lo tanto mi padre no tiene razón cuando dice que existen asesinos y locos; en realidad, existen sólo pobres personas que se hallan en circunstancias en las que el asesinato o la locura es la única salida, quiero decir que es una reacción normal en una situación anormal.

Mientras tanto, aquel monstruo me tenía sujeto el cuello con las manos, respiraba en mi cara, me miraba con odio y, sin duda, me hubiera asfixiado de haberme resistido. Cosa absurda de todo punto para una chica atea y emancipada, ir a morir nada menos que como una santa.

Pensándolo bien habría menos crímenes y menos guerras si la gente tuviera con normalidad un orgasmo diario, habida cuenta de que, por una falta de orgasmo, en pocos minutos, aquí habrá un cadáver: el mío; y un pobre hombre metido en prisión de por vida sólo por haber sido devorado por el deseo sexual. Debo admitir que estoy equivocada.

Pero, entonces, ¿mi idea sobre cómo resolver los conflictos sociales a partir de un equitativo reparto de las riquezas, a partir de la abolición de las clases y de la revolución, es menos exacta que una visión orgiástica de la vida? Además, ¿cómo es posible alcanzar el orgasmo si uno tiene hambre? Admitamos que toda la población oprimida y hambrienta del mundo sea libre de alcanzar el orgasmo, ¿no sería esta libertad pura retórica si esta satisfacción no es alcanzable a causa del hambre?

–¿Qué te pasa ahora? –me pregunta de pronto soltándome el cuello.

–Tengo hambre –digo. Y en efecto tenía mucha hambre, puesto que hacía días que sólo comía bocadillos, y sin duda por esta razón, y no porque yo sea una cohibida, estaba oponiendo una resistencia de otro modo inexplicable.

–Comeremos luego –resuelve volviendo a agarrarme del cuello.

–No, ahora –insisto.

–Vamos a ver –observa–, yo soy un hombre y tú una mujer, ¿no te basta?

–Quisiera, además, un poco de amor –le pido.

–¿Amor? –Y abre muchísimo los ojos soltando su presa–. ¿No te da vergüenza hablar todavía de amor? El amor es algo simple, sólo necesita dos ingredientes, un hombre y una mujer. Pequeña burguesita.

–¿Burguesita yo? Soy marxista-leninista.

–¿Virgen? –pregunta–. Amiga mía, el orgasmo lo es todo en esta vida, es la fuerza revolucionaria que destruye el sistema burgués.

–Creía que la revolución se hacía con fusiles –murmuro.

Pero lo peor vino después, cuando le conté lo de esta voz que no sé de dónde viene y que me dice cada vez que como o que río que no me puedo permitir ser feliz por toda la gente infeliz que hay sobre la tierra.

Él me escuchaba con los ojos abiertos de par en par. De manera que he creído que también él estaba escuchando esa voz que me prohíbe reír y bromear y ser feliz, por la que mi vida se presenta como un calvario sin posibilidad de alegría, ya que el mundo está en descomposición y es necesario hacer algo y no se puede, únicamente, pensar en hacer el amor, ¿no?

Entonces ha abierto muchísimo los ojos y ha gritado que para él era necesario vivir frenéticamente, locamente, ardientemente, ferozmente, con una desenfrenada, frenética, feroz sed de vivir y de sensaciones nuevas, y dejar el mundo irse al demonio para reencontrarse salvaje, violenta, ardientemente con nuestra naturaleza humana abrazado a una mujer.

Entonces le he hecho notar que nuestra vida salvaje, frenética y locamente furiosa serviría sólo para beneficio de los ricos y las clases opresoras, que también acumulan loca y frenéticamente dinero en perjuicio de los pobres, y que yo no había venido al mundo para nada, sino con un objetivo y una finalidad que trascendían mi vida individual, egoísta y burguesa.

–Cuántos complejos tienes... –me suelta.

–Disculpa, ¿qué complejos tengo? –le pregunto ruborizándome. Y me contesta que tengo un complejo más grande que una montaña; el complejo de culpa.

–Santo cielo –se irrita–, ¿cómo se puede vivir frenética y orgiásticamente llevando dentro un peso tan enorme como el complejo de culpa?

En ese punto me ha pillado. Pero ¿quién me impone todos estos deberes hacia el prójimo? Si soy libre de escoger entre el bien y el mal, ¿no soy, por tanto, siempre libre de decidir qué es el bien y qué es el mal?

Me dejo abrazar furiosa y frenéticamente. ¿Cómo he podido vivir hasta hoy tan llena de complejos? Necesito abolir el bien y el mal y la culpa. Necesito abolir la idea de tener un fin en la vida que no sea vivir. Necesito abolir el blanco y el negro porque incluso la limpieza no es más que un residuo del viejo tabú de la pureza ligada a la idea del agua y el bautismo y el blanco del alma.

Así que le he dicho que viviremos siempre unidos, orgiásticamente unidos.

–Pequeña –declara–, todavía no te has librado de todos los tabúes, te queda uno enorme aún.

–¿Cuál? –pregunto con preocupación.

–Debes abandonar también la palabra «fidelidad» de tu vocabulario si quieres ser libre, frenéticamente libre, locamente libre, salvajemente libre.

Tras lo cual, lo he dejado en la estacada y no lo he visto más; y me he vuelto a encontrar en un banco de la sala de espera de cuarta clase hecha un mar de lágrimas, con una desesperación de aúpa. No soy más que un manojo de condicionamientos y de miedos, y en concreto lo que más terror me da es la maldita libertad que estoy buscando; y ahora que la tengo delante me engulle en su vacío.

Creo estar liberada y luego me doy cuenta, y no oso admitirlo, que quiero a un hombre a mi lado, a poder ser ligado a mí por el vínculo nupcial, incluso parecido a mi padre, y si eso no es lícito, quiero, al menos, un ángel Gabriel a mi derecha.

VII

Me pregunto si los demás no desean de corazón recibir los *estigmas* como prueba de que han sido perdonados. ¿Ser marxista-leninista no será acaso como tener los estigmas?

Tengo miedo, miedo de mis extremidades, de mis pies empapados, de mis pantalones rotos, de mi cazadora sucia, de mis huesos que tiemblan, del frío que siento, del hambre que tengo, de la necesidad absoluta de un sentido, de un lugar, de una dirección, de un bien y de un mal, de protección.

En cambio, voy con el corazón hecho pedazos, dispuesta a todo. Oh, Dios, Padre celestial, no sé si el alma es inmortal, pero sé que el hambre es mortal. Oh, Dios, Padre celeste, no sé quién eres, pero tampoco sé quién soy yo. Oh, Dios, Padre celeste, no sé si estás en el Cielo, pero sé ciertamente que yo estoy en la Tierra. Oh, Jesucristo, no sé si te sientas a la derecha de Dios Padre, pero yo estoy sentada en un duro banco, oh, Virgen María, no sé si tú eres pura entre todas las mujeres, pero sé que soy infeliz entre todos mis semejantes. Oh, Jesús, María y José, rogad por mí porque no sé quién soy ni adónde voy ni por qué voy.

Me eché a llorar. Mientras sollozaba y meditaba sobre mi debilidad revolucionaria pensaba nada menos que en el hijo pródigo, en mi padre, en mi madre, en mis abuelos, en la mecedora, en las alfombras, en los sillones, en la cama caliente, en mi infancia, en el verano, en las cigarras, en el sol, en la merienda, en mi hermano, en la arena, en el mar, en el perro, en el gato, en la Tata, en la comida, en la cena, en las buenas noches, en las oraciones, en la mochila, en el babi blanco, en mi padre, en mi madre. Soy una niña buena, seré educada y obediente, seré la felicidad de mi padre y de mi madre. ¿Hay alguien más bueno que yo? Mamá dice que Jesús sufre por cada cosa que hago mal. Quiero resucitar, prometo no herir el corazón de Jesús; mamá dice que cada mentira es una espina que se clava en el corazón de Jesús.

Sufro mucho por todas las espinas que se han clavado por mi culpa en el corazón de Jesús, debo castigarme, herirme, arañarme, lacerarme para evitar el dolor de Jesús.

Entonces he cogido un cigarrillo encendido y me he quemado en la palma de la mano. Una, dos, tres veces. A saber si San Francisco se hizo él mismo los estigmas.

A mi alrededor la gente va y viene, gente que parte, que compra billetes, que toma asiento. Una mujer grande se sienta en un banco delante de mí. Mamá, mamá, ¿por qué no cuidas de mí?

¿Qué significa volver a casa? No quiero volver a casa, quiero volver a mi infancia, al vientre de mi madre, quiero volver a la infancia, a cuando era pequeña bajo el cerezo, y cogía manzanas y nueces, cuando era pequeña, tan pequeña como en aquellos días bajo aquel cerezo, y cogía manzanas y nueces y castañas y flores también. No volverá jamás aquel tiempo de coger cerezas para mí, no volveré a estar jamás bajo un árbol en flor. ¿Nunca más veré el sol?

Nadie me castigará por haber comido demasiadas cerezas; nadie, por tanto, me castigará si me porto mal, ni me aplaudirá y besará si soy buena.

Cómo es posible vivir así, sin aplausos, sin castigos, sin caricias si soy buena, sin reproches si soy mala. ¿De qué sirve hacer grandes cosas si mi padre no me aplaude? ¿De qué sirve hacer la revolución si Dios Padre no me aplaude?

En este punto he pensado escribir una postalita a mis padres como hacíamos cuando íbamos de veraneo. He comprado un montón, una para mamá, una para papá, una para mi hermano, una para mi hermana, una para mi prima, una para mi primo, una para la abuela, una para el abuelo, una para la tía, una para el tío, una para la cuñada, una para el cuñado, una para la Tata, una para Sor María, una para el señor Maestro, una para el Párroco, una para el Presidente, una para el Jefe de Estudios, una para el Ministro de Educación Pública.

Me sentía muy infeliz y me senté cerca de una viejecita idéntica a mi abuela, que se volvió hacia mí y me dijo: «¿Te das cuenta, hijo mío?», quizá me ha tomado por un chico al ver mis pantalones y mi pelo corto, y entre sollozos ha seguido murmurando: «¿Te das cuenta, hijo mío? Eres un vagabundo, tienes a la pobre mujer que es tu madre y al pobre hombre que es tu padre muertos de angustia».

Me he puesto tan triste que me decía a mí misma: «Abuela, abuelita mía...», pero ella no me oía y continuaba sollozando y diciendo: «¿Te das cuenta, hijo mío? Ni una palabra de arrepentimiento me dices; ¿acaso no ves a qué estado me veo reducida? Casi con un pie en la tumba, no puedes tener el valor de hacerme sufrir así, eres incluso un ladrón, deshonra de la familia, no te importa nada hacer llorar a la madre de tu madre, soy muy vieja, próxima a mi último día, y no te importa nada tu abuela, que te ha querido tanto, que te acunaba noches enteras; daría mi vida por ver cómo te vuelves honrado y bueno igual que antes, obediente como aquellos días en los que te llevaba a la iglesia. ¿Te acuerdas?».

Me parecía recordar a mi abuela, que me llevaba a la iglesia. Me acuerdo, le digo. «Entonces sí querías a tu abuela», continúa, «pero ahora que estoy paralítica y que necesitaría tu cariño como el aire que respiro, vas y te marchas a vagabundear por el mundo. Dios mío.»

Oh, abuela, abuela, qué infeliz soy, daría la vida por ti.

En ese mismo instante un ladrón ha arramblado con el bolso de la abuela, «¡mi dinero!», ha gritado la pobre paralítica. Entonces me he lanzado hacia el ladrón para arrebatarle el bolso de las manos pero atravesada por una puñalada he caído de espaldas sobre las rodillas de la abuela.

La abuela se ha levantado y ha desaparecido entre la gente. En su lugar se ha sentado un viejecito. ¡Oh, abuelo, abuelo! «¿Qué haces aquí?», me ha preguntado, «¿no ves que el enemigo está llegando? Estamos perdidos, estamos rodeados por el enemigo.»

Voy a alertar a los nuestros, le he dicho, y ajena a las balas que silbaban he corrido fuera para dar el aviso. Pero una bala me ha alcanzado en el pecho mientras gritaba: ¡Viva Italia! «Está muerto», ha exclamado el abuelo inclinándose sobre mí. «Pobre chico, valiente muchacho, siempre lo tuve por un cobarde y ha muerto como un héroe.» El capitán, que era mi abuelo, me ha mirado fijamente un momento y luego ha repetido con tristeza: «Pobre y valiente muchacho, ha muerto por la patria». Ha levantado en alto la bandera tricolor y la ha extendido como un trapo fúnebre sobre mí. «Ha muerto como un soldado», ha proferido, y dicho esto se ha vuelto a sentar, mandando un beso al joven héroe.

Me levanto del suelo y me llevo una mano al corazón para contener la sangre que mana, me dirijo a los servicios. Allí dentro me miro al espejo y veo a un tipo que me observa. Después se pone a hacer sus necesidades. Me doy cuenta de que me he metido en el servicio de caballeros. Me marcho enseguida. ¿Me habrá tomado por un invertido?

VIII

Cansada, vago por la estación. Entro en un cine donde están proyectando *La vida de Cristo.*

Vuelvo a echarme a llorar de inmediato cuando Pedro niega tres veces a Jesús. Me doy cuenta de que para ser una auténtica revolucionaria he arrojado bien lejos la palabra *religión*, y ahora me siento vacía. Quizá no era necesario deshacerse por completo de ella, de la palabra y de su significado. Quisiera que Karl Marx me lo aclarara.

Mientras camino a lo largo de la vía 666 veo venir hacia mí unos niños vestidos de ángeles, con flores en la mano, reparten estampitas, detrás de ellos va el obispo y la banda de Carabineros, después los apóstoles y los soldados romanos. Cristo lleva barba y la corona de espinas, el largo cabello cubierto de sangre. Camina cargando con la cruz.

¡Sufro! Paro a un hombre y le pregunto: «¿No ves que van a matar a Jesús Nuestro Señor?». Pero él continúa caminando. Entonces voy a Pilatos y le digo: «No, no, no se puede matar a Jesús Nuestro Señor».

Y los soldados se lo llevan mientras Dios Padre mira desde el cielo sin hacer nada para ayudar a Jesús.

¡Van a asesinar al hijo de Dios!

Los niños-ángeles siguen adelante, cantando *Hosanna* con lirios en la mano.

¿Por qué nadie hace nada? Paro a los que pasan. ¡Quizá ellos hagan algo! Pero ¿no veis que Cristo está llorando? Me apresuro para alcanzarlo, le toco la túnica y le digo: «Quiero morir por ti».

«Gracias», dice Jesús, «pero ahora déjame solo, que debo hablar con Satán.» Voy a avisar a Satán y a decirle: «Jesús quiere hablar contigo».

Él se espanta las moscas con la cola mientras la gente va arriba y abajo, ocupada en sus pensamientos, por la estación.

Van a matar a Jesús, ¿dónde están los Apóstoles? «No lo sé», me dice un señor.

–Disculpe, señor, –le digo a otro hombre que pasa y que es el bedel de mi escuela–, van a crucificar a Jesús.

–SÍ –exclama–, voy a verlo, todos van a verlo.

–¡Pero eso no es posible! ¡No debe morir!

Los soldados avanzan. Cristo cae. Un soldado con una cara horrible se me acerca y me pregunta con aire amenazante: «¿Lo conoces?». Le digo que no y subo precipitadamente a un tren.

Me siento, ya estoy más calmada. El tren parte; es el que da la vuelta subterránea a la ciudad.

Estoy sola en el compartimento y me encuentro muy a gusto.

Acabo de ponerme a reflexionar cuando percibo que en un rincón hay un cura. Me mira fijamente. Cerca de él, sentados a su alrededor, hay un montón de chiquillos. A una señal del cura empiezan a cantar a coro: «Ave, ave, ave, María».

El cura dice:

–Vamos a ver, ¿quién de vosotros es capaz de explicarme el acto de contrición? ¿Habéis estudiado el catecismo?

Los niños se levantan y gritan:

–¡Yo, yo, yo!

–¡Sentaos! –grita el cura–. ¡Silencio! ¡A ver, tú! –Me señala a mí y me mira a los ojos. Yo me siento menguar y, muy emocionada, chillo con todas mis fuerzas: Dios mío, me arrepiento y lamento de todo corazón mis pecados, porque pecando he merecido Vuestro castigo y mucho más, puesto que Os he ofendido, a Vos, que sois infinitamente bueno y digno de ser amado por encima de todas las cosas...

–¡Basta! ¡Basta! –exclama el cura apuntando con el dedo a otro–. ¿Tú no has estudiado? ¿Y tú tampoco? ¡Ah!, pues no os pienso dar la comunión si no estudiáis, así de claro. No haréis la comunión, y no os dejaré participar en la representación si no sois buenos y obedientes, no os dejaré poneros las alas; miradlas allí, en los percheros, las alitas para todos los niños, que serán como angelitos, igual, igual que angelitos, el próximo domingo después de la comunión.

Volviéndose hacia mí me pregunta:

–¿Cuántos son los misterios de la fe?

No lo sé. Los niños responden a coro:

–¡Los misterios de la fe son cinco, señor párroco, son cinco: unidad, trinidad, encarnación, pasión y muerte de nuestro Señor Jesucristo!

–¡Resurrección! –grito.

–¡Noooo! –grita el cura–. ¡La resurrección no! Los misterios de la fe son sólo dos, y son la unidad y la trinidad de Dios, que es sólo uno, y la encarnación, pasión y muerte de nuestro Señor Jesucristo. ¿No veis que son sólo dos?

Me parece incomprensible que el uno sea tres y que los cinco sean dos. Él continúa gritando, furioso.

–¿Cuántos son los preceptos de la Iglesia?

Lo sé y levanto la mano.

–¡Yo, yo, Padre!

–¡Tú, calla! –me ordena.

Pero yo insisto y vuelvo a gritar con todas mis fuerzas: ¡Son siete, Padre, los preceptos de la Iglesia son siete!

–¡Noooo! –aúlla–, los preceptos de la Iglesia son cinco y son... ¿quién lo sabe? ¿Lo sabes tú, Marinella?

Entonces Marinella se levanta y grita como una ametralladora.

–¡Los preceptos de la Iglesia son cinco y son: oír misa los domingos y otras fiestas de guardar, no comer carne los viernes, confesar al menos una vez al año y *conyugarse* en Pascua!

–¡Noooo! –brama el cura, cada vez más nervioso–. ¡Comunicarse en Pascua! Aunque tampoco estaría mal si todo el mundo se casase una vez al año. ¡Sólo nos faltaba eso! Oh, bonita, el matrimonio es indisoluble y es un sacramento. ¡Quien no se casa por la Iglesia comete pecado y concubinato, y también quien no estudia la doctrina está cometiendo pecado! Ahora, todos castigados con las manos sobre la cabeza... A ver, ¿cuántos tipos de pecados hay?

Entonces exclamo:

–¡Padre, veinte tipos, veinte tipos!

–¡Nooooo! El pecado es de dos tipos; es decir, hay dos pecados: el pecado original y el pecado actual. Y ahora a ver si podemos averiguar de cuántas formas se puede cometer el pecado actual.

–El pecado actual puede cometerse de pensamiento, obra y comisión.

–¡Nooooo! Comisión no, omisión, omisión... Ahora a ver si sabes esto, hay una persona que no comete nunca pecado, ¿sabes quién es? El pa... el pa... el pa...

–¡El padre!

–¡Nooo! El Papa. Y ¿quién es el Papa?

–El Papa es el sucesor de San Pedro, jefe visible de la Iglesia, mientras que Jesucristo es el jefe invisible de la Iglesia.

–¡Bien! Podéis bajar las manos de la cabeza. Y ahora, a ver quién sabe decirme qué es el Infierno.

Yo balbuceo:

–El Infierno es el gozo de la privación de Dios...

–¡No! Eso sería el Paraíso, o mejor dicho, el Paraíso es el gozo de Dios mientras que el Infierno es el sufrimiento de la privación de Dios... Al Infierno van los con... los con...

–¡Los condenados!

–¡Bien! Y los here... here...

–¡Los herejes!

–¡Bien! Y los pro... los pro...

–¡Los prófugos!

–¡No! Los protestantes. Y también los...

–¡Los asmáticos!

–¡Bien! Y además los...

–¡Judíos!

–¡Muy bien! Y los apo... los apo...

–¡Los apóstoles!

–¡Noo! Los apóstatas. ¿Cuántos son los pecados capitales?

–Los siete pecados capitales son dos: pereza, avaricia, gula y lujuria.

–¡Noo! –clama el cura perezosamente–. Adelante, venga, dime ¿qué es la fe?

–La fe es esa virtud sobrenatural por la que creemos en la autoridad de Dios a través de lo que nos ha revelado y nos propone que creamos por medio de la Santa Iglesia católica.

–¡No entiendo nada!

–¿Qué es lo que no entiendes? –El cura se levanta ante mí, con la cara encendida, con los ojos de fuego; levanta el brazo y me suelta un bofetón. Me llevo la mano a la mejilla aturdida. Me levanto y cambio de compartimento.

IX

Me he escapado de casa para encontrarme a mí misma y para contribuir con mi fuerza a la lucha de clases y voy y me pierdo, estoy perdida, estoy a merced del mundo, soy sacudida por el mundo exterior hasta los cimientos, soy un caserón que se derrumba, una torre que se quiebra.

He construido mi persona sobre un pantano, sobre arenas movedizas; quería cambiar el mundo y, sin embargo, el mundo me ha cambiado, ésa es mi metamorfosis.

El mundo me da miedo, quizá la gente me mira y se da cuenta de que no llevo una dirección precisa, un objetivo concreto que alcanzar.

Monstruo entre los monstruos. Pero ¿cómo era el alma de la que hablábamos? ¿Dónde ha quedado la fuerza vital que movía mis pasos?

Esta estación es un mar de flechas, me encuentro deslumbrada como una lechuza por una realidad demasiado real, las indicaciones me paralizan, las luces me ciegan.

Todos los monstruos saben adónde van, menos yo, que quisiera un anti-mundo en el que vivir, un anti-yo con quien hablar, mientras que ante mí hay un monstruo que me mira y me somete con los ojos.

Cuando se alcanza este punto de terror no queda otro remedio que mimetizarse y sonreír.

Me escurro entre la gente y sonrío, si no lo hiciese serían capaces de comerme.

Tropiezo, sonrío. ¿Y si intentara olvidar mis ideas homicidas? Para eso llevo grandes gafas oscuras incluso bajo tierra. Mi sonrisa se hace excesiva, ¿no notarán que sonrío demasiado y que oculto algo?

¿No me arrancarán las gafas oscuras?

Ah, me torturarán, me meterán en un manicomio, me arrancarán las gafas oscuras y mis pensamientos quedarán al descubierto.

La inmensa estructura de la estación central está a punto de derrumbarse y nadie se da cuenta, soy la única que prevé la catástrofe, los signos de la inminente destrucción son evidentes, la edificación de cemento armado se está desplomando y no sé qué hacer ante este desastre.

Los monstruos continúan caminando como si no pasara nada, suben a los trenes y se apuñalan unos a otros, algunos gritan y vociferan órdenes.

Acabaremos todos con un tiro en el estómago, no se sabe quién es el enemigo, al menos yo no lo sé.

La estación central se viene abajo, ¿quién puede enfrentarse a un mundo de cemento armado?

Quisiera pedir ayuda a alguno de los que pasan, pero sus rostros son horrendos, ¿qué ayuda puede prestarme alguien con semejante cara? Toda la estructura de hierro de la estación está a punto de ceder. ¿Dónde encontrar refugio?

Nadie parece percibirlo, lo cual es muy extraño, ¿será posible que sólo yo escuche ese rumor como un trueno subterráneo que sube desde lo profundo de la tierra?

Me dirijo a un guardia y se lo cuento, pero él dice que no oye ningún rumor y que la estación está en perfecto estado.

¿Será posible que nadie oiga ni vea nada?

–Disculpe, señor. –Pero no se detiene, lleva prisa. Por otra parte, estoy aquí obstaculizando la circulación, en la ventanilla no sé qué billete quiero; todos tienen mucha prisa, el señor de detrás me apuñala la espalda sólo porque no lo dejo pasar delante–. ¡Pero qué formas son ésas! –le increpo–, con perdón, yo estaba primero.

–Quítate del medio –me dice–, ¿no ves que interrumpes el paso?

Estoy sola para sostener el peso del cielo y de la estación que se derrumba, ¿nadie lleva sobre su espalda una responsabilidad tan grande como la mía? Todos tienen un Dios o una Autoridad a quien obedecer, y la estación está en pie porque ella también obedece a la Autoridad, sólo yo siento que debo sostener el techo de hierro de la estación.

¿Es posible que una sola persona deba hacer tanto esfuerzo y sostener con la voluntad un peso tan inmenso como el de la cubierta de la estación?

¿Y si me dejo llevar? Quizá sea yo, con mi libre albedrío, la responsable de la rotación de la tierra y de las tragedias sociales.

¿Y si me dejase llevar como los demás, con total confianza en la autoridad, en las estaciones, en la providencia, en la predestinación, en el cemento armado?

¿Quién me ha regalado este libre albedrío? ¿Por qué nunca he querido hacer mías la libertad y la responsabilidad?

Quisiera obedecer a una autoridad, que el destino no estuviese en mis manos, no quiero ser artífice de mi vida, ni la responsable tampoco. ¡Quiero recuperar mi alienación!

¿Cuánto tiempo podré aguantar con las manos levantadas para sostener una cubierta de cemento sólo con mi responsabilidad?

¿Será posible que alguien que cree en la ciencia y en los ingenieros, y en el cemento armado, se encuentre en medio de una estación de tren con los brazos levantados para sostener la cubierta pensando que en cuanto los baje el techo le caerá encima?

Será posible que una chica moderna como yo...

Entonces, bajo los brazos y la cubierta no se cae, aunque, de repente, una voz absurda, un pensamiento ridículo, me invade: si no corres con un solo pie hasta la vía 12, el techo caerá encima de ti y yo, como una estúpida, sabiendo que la cubierta es de cemento armado, me echo a correr con un solo pie hacia la vía 12 para evitar que la estación se venga abajo. Continúo con este ritual hasta el agotamiento.

Estoy mal. Ya no quiero ser libre, no quiero ser responsable de que la estación se derrumbe, de que el mundo se derrumbe, de que los hambrientos mueran, de que los asesinados no sean vengados, ya no me veo capaz de hacer justicia ni de hacer la revolución.

No soy más que una pequeña hormiga, como los demás; quiero ser un individuo de la masa como todos los otros, quiero que alguien me cuide y que acepte responsabilizarse de mí, porque yo no soy capaz de sostener el peso de la libertad.

Pero, decidme, ¿qué debo hacer con toda esta responsabilidad sobre los hombros? ¿Qué puedo hacer para ser responsable de los muertos y de los opresores? ¿Cómo hago para ser responsable de todos y también de mí? Cómo consigo, yo sola, que se rebele el mundo, si estoy cansada y tengo frío, y estoy sola, sola para sostener el cielo, el techo de la estación, a los pobres y los afligidos, con mis ideas... con mi pensamiento libre.

Los pobres sólo me esperan a mí. ¿Quién lo ha dicho?

También los muertos esperan justicia.

Me dejo caer, me tiro al suelo, renuncio al maldito libre albedrío, renuncio a mi responsabilidad, renuncio a mi libertad, renuncio a mi santidad, renuncio a mi salvación, renuncio a mi voluntad y a mi esfuerzo.

No me quedan fuerzas, no me queda afán, no me queda capacidad de hacer ni de querer.

Me siento como todos los demás, me duermo como todo el mundo.

Éste es el fin de una chica revolucionaria y emancipada cuyo deber era destruir a sangre y fuego la sociedad. Lloro con fuerza. Un señor me hace el gesto de que no está bien llorar delante de todo el mundo; desobedezco las normas de educación y lloro cada vez más fuerte.

Los muertos claman venganza.

No sé qué hacer, les grito, no sé qué hacer, ésa es la verdad, por eso me rindo.

Que piensen los demás en hacer justicia, yo no soy capaz, no sé qué hacer, no soy más que una hormiga como todo el mundo, no respiro; si no respiro ¿cómo puedo hacer algo por los demás? ¿Cómo podré llevar a cabo mi misión?

Tengo miedo y me escondo en un banco de la vía 666. Hay mucha gente, tienen el pelo como serpientes, los rostros de león, y los ojos de Medusa. Me miran y me petrifican.

Me siento, hace calor. ¿Cómo es que nadie tiene tanto calor como yo?

Un ángel vuela por el cielo cantando *Hosanna, hosanna...* No consigo creer ni unirme al coro, soy atea.

Qué fácil fue aquel tiempo, en la infancia, cuando Dios era un ser perfectísimo, sapientísimo, que no hacía el mal, pues era la bondad infinita y la tercera persona de la Trinidad, según la Verdad de la Iglesia recibida de los apóstoles, quienes la recibieron de Jesús, quien la recibió de Dios.

Estoy cansada, quiero quedarme atrapada bajo las alas de la santa madre Iglesia, anhelo desesperadamente ser como los demás, no soporto más mi separación del mundo.

Los trenes rugen, no sé adónde ir, sigo a la multitud, me pisan. Ruedo por el suelo y nadie se para a intentar ayudarme. Aparece un policía pero él tampoco me ayuda.

Se me ocurre una idea; corro hacia un escaparate lleno de ropa, rompo el cristal y robo, robo todo lo que puedo. Todos se me echan encima, por fin todos se ocupan de mí.

La ley me ha atrapado en su vientre.

X

Un policía me lleva a comisaría, allí me deja en manos de otros agentes, que se inclinan hacia mí y dicen: «¿Por qué lloras? No te haremos nada».

Creen que lloro porque me han detenido; sin embargo, lloro porque si me sueltan no sabré adónde ir y, lo que es peor, ya no tendré mi pistola. Me llevan al piso de arriba, allí aparece mi padre, el comisario. Está claro que me va a dejar libre si muestro arrepentimiento, quiere saber que no lo haré más. ¿El qué? ¿La Revolución?

Lloro, y él cree que lloro porque tengo miedo de él; no sabe que en este mundo, en este momento, sólo lo tengo a él para ocupar el lugar de mi padre. Se acerca a mí con mirada seria y voz grave y me pregunta: «¿Vas a volver a hacerlo?». Igual que cuando era pequeña. Me hubieran abierto la mismísima puerta del armario de los dulces si hubiera reconocido a mi padre que no lo iba a hacer más.

Durante toda la infancia no llegué nunca a comprender qué era lo que mi padre quería que no volviese a hacer nunca más, no comprendí nunca qué me reprochaba de manera tan injusta.

Y ahora, sin embargo, siento muchísima nostalgia de aquellos reproches y, sobre todo, de aquellos premios obtenidos con tan poco esfuerzo; sólo había que decir, aunque no supieras qué, que no lo harías más, sólo había que darle la razón para hacerlo feliz.

Los mayores son como los niños, basta decirles que tienen razón y ya están contentos.

Toda la moral no es más que un comercio, un equilibrio entre oferta y demanda, entre una adulación ilusoria (dar la razón al padre) y un premio (afecto o caramelos), o incluso una confusión entre un malestar físico (castigo) y un bienestar espiritual.

No puedo seguir viviendo sin ese intercambio económico continuo.

Y ahora me encuentro aquí, en el despacho del comisario, llorando y llorando, y ciertamente parezco un poco esquizofrénica, pues el despacho se alarga y se convierte en un campo y el comisario se convierte en mi padre, y yo le digo que no lo haré más, nunca más, aunque espero que él no me deje marchar.

No quiero ser libre. Pero aquí estoy, con un comisario como padre y toda la ley como madre, dispuesta a abrir las puertas de sus cárceles, a castigarme si soy mala y a premiarme si soy buena.

¿Cómo he podido vivir tanto tiempo lejos, y en contra, de la protección paterna y materna de la ley y de la sociedad?

La protección bien vale una pequeña mentira, una pequeña mimetización, una pequeña impostura de personalidad.

¿Qué juez podrá venir a buscarme detrás de mi fachada?

La necesidad absoluta de su protección quizá también es una mentira. ¿No es así como siempre he hecho desde pequeña?

¿En qué terrible momento decidí cambiar de opinión, decidí vivir sin protección y sin mentir?

¿Cómo he podido resistir tanto tiempo? ¿Y si poco a poco, *a fuerza de darles la razón,* acabase por creer que el comisario y la ley tienen, de verdad, razón?

¿Y si un buen día me levantase plenamente convencida de que la Impostura es la Realidad?

El comisario es un señor con gafas, elegante, honrado, tiene la misma voz que mi padre, y clava sus ojos en mis ojos creyendo que me da miedo, pero yo ya tengo miedo, mucho miedo. Me sugiere que no vuelva a dormir en el suelo, que no hable con desconocidos, que no blasfeme, que no desee a hombres casados, que no me salte las comidas, que no me drogue, que no use pantalones, que no robe, que no baile, que respete la propiedad privada, que no diga mentiras.

Virgen santa, yo le respondo a todo que sí, noto la fiebre subir, y miro atentamente al comisario, y a cada sí que pronuncio mi nariz se hace más larga, santo cielo, y cuanto más digo que sí y le doy la razón, más me sube la fiebre y me crece la nariz; entonces, el comisario hace entrar por la puerta a tres conejos con un ataúd.

El grillo parlante dice que peco de orgullo, que soy una granuja redomada, una presuntuosa por querer ser más que nadie en lugar de obedecer las leyes de la sociedad y de la Iglesia establecidas por Dios para bien de la patria y de la familia, y que debo deshacerme de mi individualismo anárquico y subversivo, que por lo demás no es otra cosa que ambición y deseo desenfrenado de éxito fácil e inmediato.

A todo esto no sé qué responder. ¿De verdad toda mi rebelión contra la sociedad y contra la moral vigente y mi vocación revolucionaria no son más que ambición desenfrenada de éxito? Me sube todavía más la fiebre y empiezo a llorar de pura desesperación, también porque él se me acerca y me acaricia el pelo.

De nuevo se inclina hacia mí, y me pide que entre en razón, que sea una chica juiciosa y consciente.

¿Prometo no vestir más con trapos viejos y pantalones? Sí, lo prometo. ¿Prometo vestir como lo debe hacer una persona honrada? Sí, lo prometo.

Se acerca y me acaricia el pelo. ¿No lo harás más? No, no lo haré más. Después añade que él me puede guiar por el camino recto como un padre en vez de meterme en la cárcel. ¿De verdad? Oh, padrecito mío, no me dejes en mitad de la calle, tirada en el suelo. ¿De dónde viene este terror que me invade con la idea de hallarme en mitad de una estación sin saber adónde ir?

Quiero ser una chica honrada, ir a la escuela, estudiar y ser el honor de la patria y de la familia. ¡No lo haré más, nunca más, nunca más! ¿Prometido? ¿Nunca más? ¡Nunca más! ¿Pedirás perdón? ¡Perdón! ¿Estás arrepentida? ¡Estoy arrepentida! ¿Muy arrepentida? Muy arrepentida. ¿Nunca más? ¡Nunca más! ¿Contrita? ¿Contrita de corazón? Contrita de corazón. ¿Volverás a pasearte por las calles con malas compañías? ¡Nunca más! ¿No te opondrás a la ley y al Estado? ¡Nunca más! ¿Robarás? ¡Nunca más! ¿Ofenderás a los jueces y a la patria? ¡Nunca más! ¿Blasfemarás contra Dios y los sacramentos? ¡Nunca más! ¿Te pondrás a estudiar y a trabajar? ¡Sí, señor! ¿Empezarás mañana mismo? ¡Sí, señor! ¿Pagarás tu deuda contraída con el Estado, con los transportes públicos y con los ciudadanos de este Estado? ¡Sí, señor! ¿Usarás el primer dinero que ganes para pagar tus deudas y la multa? ¡Sí, señor!

Entonces me da la dirección de un lugar donde puedo ir a trabajar como camarera, el gran restaurante de la estación central. ¿Y para dormir?

¿Dormir? No dormirás más bajo los puentes ni en portales, ni donde te parezca. ¡No, señor! ¿Dónde dormiré? Es un problema, al menos esta noche. Responde que de eso se ocupa él porque he prometido ser buena y obediente. Esta noche dormirás en la celda, mañana se verá. Realmente quiero convertirme en una chica honrada, y estoy arrepentida arrepentida arrepentida de todo lo que he hecho y de la vida que llevo.

¡Uf, qué calor hace!

El comisario es un señor mayor con el cabello blanco, él será mi guía, él no me abandonará, ¿verdad que no me abandonará?

No, dice que no me abandonará para que yo vuelva a ser una chica servicial. A partir de mañana seré honrada, con mi nueva ropa decente. El comisario tirará mis trapos viejos sobre la silla, cuando me despierte, ¿qué encontraré? Mi nuevo traje de persona normal, como los demás. Oh, padrecito mío, ya no seré diferente a todos los demás, seré igual, normal como todos los demás, querida por todos. Me parece imposible. ¿Cómo he hecho para vivir tanto tiempo separada del resto del género humano, en vez de en armonía con las leyes propias de quien vive en el respeto hacia la sociedad? Seré, al fin, admitida en una empresa, haré mi trabajo y me pagarán, entraré a formar parte de esa comunidad de fieles, y mi primer día de trabajo será, en cierta manera, como una comunión.

El comisario se me aparece así, tras la mesa en la que estamos comiendo, un poco como un cura que me confiesa y al mismo tiempo me habla. Por Dios, qué calor hace aquí. Me siento muy tranquila con este calor y el buen vino, que me enrojece las mejillas. Ocurre que después de tanto tiempo sin comer, el haber comido y bebido tan bien me produce un efecto extraño, un efecto que sólo quien no haya comido regularmente durante mucho tiempo puede entender, me siento pletórica, en verdad comer es importante... Una vida hecha así, con comidas que se repiten tres veces al día, es algo magnífico.

¿Cómo he podido despreciar la comida, el confort? Tres veces al día la gente normal se sienta y cumple con esta norma placentera de comer y beber, sin remordimientos por quien no puede hacer lo mismo. En el fondo, para ser normal, basta saber sentarse tres veces a comer y luego dormir, sin remordimientos ni complejo de culpa; en el fondo ése es el gran paso que hay que dar para ser uno de ellos.

Abolir el remordimiento y la culpa. ¡Eso es todo! Sería tan maravilloso pertenecer a los normales, poder gozar efectivamente de las riquezas propias y del bienestar personal; bastaría un pequeño esfuerzo para olvidar los remordimientos que tengo porque hay otros que sufren y pasan hambre.

Bastaría adormecerse tras haber bebido mucho vino, como yo, y olvidar.

El comisario me acaricia el pelo y me pregunta si no me parece mejor estar en paz con la sociedad y conmigo misma. Respondo que sí, pero ambas cosas, según lo veo yo, no me parece que vayan juntas.

–Es necesario estar en paz con la sociedad o con uno mismo, por tanto es necesario escoger –le digo.

–¿Cómo? –dice él.

Balbuceo algo, él clava su mirada en la mía y me observa fijamente desde detrás de las gafas. Es extraño cómo resulta más fácil ser revolucionario con el estómago lleno que con el estómago vacío. Siempre había creído lo contrario.

Me acaricia la cabeza y me asegura que me sacará del abismo en el que he caído, y que soy una chica muy graciosa, y que si vuelvo al buen camino encontraré un marido como es debido.

Y a continuación me suelta una larga charla sobre el asunto de cómo encontrar marido y conseguir un buen matrimonio y tener hijos.

Me ha echado un sermón eterno, en algún momento me he sentido incapaz de seguir soportando una monserga tan larga. Le he garantizado que no era una chica normal, ni una cualquiera, sino que tenía una misión que llevar a cabo y un mensaje que dar a la Humanidad en descomposición, y le he hecho saber que también tengo otros deberes y objetivos en la vida en vez de alienarme y encontrar marido, ya que insistía tanto en este punto, como si se tratase de algo de vital importancia para mí.

He intentado explicarle que yo estaba en el mundo para algo muy concreto más allá de comer y beber y pensar en mi minúscula vida privada mientras millones de personas sufren, y que estaba en la Tierra con la finalidad precisa de rescatar y cambiar el mundo y que, por lo tanto, no podía preocuparme por mi ridícula vida privada e individual, y que si quería podía meterme en prisión, pero que antes tenía que explicarme por qué debo respetar la propiedad privada si la considero un robo.

Entonces se ha puesto rojo, ha exclamado que resultaba obvio que yo era una muchacha tonta, con las ideas muy equivocadas; y yo le he contestado que mis malas compañías eran Cristo y Marx, y le he preguntado si había leído a Marx.

El comisario, sacudiendo la cabeza con lástima, ha continuado pasando su mano por mi cabello, y ha dicho que no quería escuchar mis poemas porque no le interesaban lo más mínimo. Me ha enfurecido porque yo sí había escuchado su largo discurso y no me parecía justo que no quisiera prestar atención a mis poemas revolucionarios, así que he sacado del bolsillo mis hojas escritas y se las he leído, mientras él recogía la mesa y ponía en orden su escritorio.

Seguía leyendo mis poemas, que le horrorizaban, y me ha parecido que mi lucha con el padre había vuelto al principio.

Pero a los padres las quejas de los hijos les entran por un oído y les salen por el otro. A veces me pregunto si algún hijo habrá conseguido alguna vez comunicarse con su padre. Pero lo importante es comunicar con las masas obreras, sensibilizar a las masas, provocar a las masas, responsabilizar a las masas, *descondicionarlas*.

Entonces, me ha preguntado si de verdad creía que iba a cambiar la sociedad con mis ridículos poemas incomprensibles.

La frase ha bastado para destruirme. ¿Y si mi destino fuera no tener ni un ápice de fuerza, y si estuviera escrito en alguna parte que lo único que puedo hacer es ser madre?

Me siento impotente, del todo impotente, con mi pequeña voz, que grita frases inútiles para él, me siento impotente y me invade un malestar por el cual todo me obsesiona, el dolor de cabeza, la sensación de sofoco, el pánico a los objetos. Me siento mal y tengo miedo, miedo de la oscuridad, miedo de la luz, miedo de los demás. Su rostro se me hace incomprensible, ¿será su verdadero rostro o una máscara horrible que se ha puesto para asustar a la gente?

Me mira fijamente, afirma que quiere entenderme, que querría entenderme con todas sus fuerzas, y mientras dice eso pienso que no comprendo su rostro, sus ojos alucinados tras las gafas, no soporto el peso de su mirada, no soporto entrar en el cerco de su mente, me siento reducida a escombros. ¿Habrá un trol dentro de él? No, nada, no hay ningún trol dentro de él.

Me coge una mano y me hace un gesto para que me siente a su lado en el sofá, me hace prometer que no iré por ahí con desconocidos, me acaricia el pelo y susurra que lo único que necesito es que me protejan porque estoy hecha un lío, peco de orgullo y presunción, dice que a saber quién creo ser, pero que no soy más que una pobre niña necesitada de un padre y que él hará de padre para mí y me dirá lo que debo y no debo hacer. Me toca la frente febril, quizá tiene razón, dice que debo sentar la cabeza y ser una chica normal, como todas las demás, que me falta humildad, y me suelta un largo discurso sobre el significado de la humildad y la obediencia. Incluso Garibaldi obedeció, ¿por qué no debería hacerlo yo? La mera idea de obedecer toda la vida me produce un gran alivio, liberarme finalmente de mí, de la responsabilidad, de la libertad, y cerrar los ojos, por fin, poder cerrar los ojos entre los brazos de alguien que se ocupe de mí. Me acaricia el pelo y yo me echo a llorar, no sé por qué, si por el alivio de sentirme desembarazada de mí o por el hecho de que esa comodidad, ese futuro de paz y protección, se me presenta como un futuro de discursos y sermones.

En cualquier caso lloro, y no sé bien por qué lloro, lloro porque estoy exhausta de no saber nunca el porqué de las cosas, lloro por el placer de la seguridad o por el dolor de la inseguridad; él, supongo, pensará que lloro por arrepentimiento, porque estoy arrepentida de todo lo que he dicho y hecho y pensado. Me aprieta contra él, cada vez más fuerte, y yo lloro más y más, me acaricia el pelo y las mejillas, y la nariz, me repite que no debo ir con desconocidos. Su voz es serena, me pasa la mano por la frente, que me arde, mi corazón late fuerte y sus palabras entran en mi cabeza ocupando el lugar de todo lo que había allí antes, retumban contra las paredes de mi cerebro, no admiten réplica, son oraculares, son proferidas como sentencias sin explicación, así es, arrasan hasta el último destello de mi confusión, la palabra humildad lo llena todo. Es necesario ser humilde, tranquilo, sereno, no existen los problemas, todo es sencillo, no hay angustia interior, ninguna pregunta sin un porqué, ningún terrible esfuerzo para responder a problemas sin solución.

Me pasa la mano por la frente, que quema, y es como si un lago ocupase el lugar de un océano en plena tempestad. Me protege entre sus brazos, me aprieta, me riñe, me dice que no lo haga más, me devolverá a la sociedad. Habla y habla y yo no lo escucho siquiera, entre sus brazos, envuelta en sus caricias, me hundo en la paz y en el olvido.

El comisario sigue hablando.

–Toda sociedad está fundamentada en el orden, aquel que transgrede el orden está minando la sociedad y yo, que soy el tutor del orden, tengo el deber de mantener el orden en orden... ¿me explico?

»En cada religión, el pecado de orgullo y de falta de humildad es castigado, Lucifer en el infierno, Prometeo encadenado, cada hijo rebelde ha expiado siempre con el castigo la culpa de ofender al Padre, la infracción de la ley. Cristo, el hijo de Dios, vino a la tierra para expiar por todos nosotros la culpa de nuestra rebelión contra el Padre, Él es el cordero que ha expiado por nosotros la ofensa, ¿no es cierto? Se ofreció en sacrificio a su Padre ofendido y furioso...

»¡Siempre la misma culpa de orgullo, la misma culpa, la ofensa al Padre! –grita y se me echa encima. Y yo me siento mal, me siento cada vez más pequeña, estoy destrozada por mi culpa, por mi padre y por el Padre de todos los padres. ¿Qué va a ser de mí?

Menguo, me hago diminuta, mientras que el comisario se hace cada vez más enorme. Ahora es inmenso, está por encima de mí. Perdón, balbuceo desde la sombra. Lejos, desde el cielo, puedo escuchar las trompetas de los ángeles y sus voces, que dicen *a la cama sin cenar*. En la oscuridad total puedo escuchar mis sollozos, tengo miedo, me aferro a la única esperanza: la bondad de mi padre.

–¡No lo haré más! –grito.

XI

Esto fue lo que el comisario me mandó: «Te vas a ir derechita a trabajar para ser el orgullo de tu padre y de tu familia y de la patria, para convertirte en una mujer como debe ser y en una buena madre y una buena esposa, y por supuesto una buena camarera, orgullo de la empresa y de sus jefes, el orgullo también de la patria y de la sociedad y de sus instituciones».

Y mientras seguía mi camino se me ha ocurrido que el comisario quizá era mi padre en persona, en forma de comisario, para mostrarme su victoria y mi derrota. Porque justo había aparecido en el momento del arrepentimiento y del miedo, en el preciso momento del hambre y del frío, en el momento de las grandes lluvias y del fin del verano.

En verano se puede ser libre, vivir de naranjas y tomates, dormir bajo el sol y la luna, pero llega el invierno y reaparece el problema de la libertad que, sin duda, va ligado a la independencia económica.

He empezado a ganarme la vida.

Heme aquí para complacer a mi padre adoptivo, en una inmensa cocina de la gran estación central, para fregar platos día y noche. No sé bien cuántas noches llevo en este trabajo. Quizá un año, quizá dos. ¡Dios mío!

Heme aquí, degradada hasta el punto de aceptar como normal que alguien friegue platos toda la vida sólo para mantener cuanto hace falta para continuar fregando platos al día siguiente... ¡Es monstruoso! Pero los camareros, los cocineros, los pinches, no son conscientes de su alienación.

El humo, los olores, las manos doloridas, el tufo a frito me impide intentar comer cualquier cosa. Ya puedo decir que soy como todos los demás, parte del sistema; huir de casa para acabar fregando platos en una estación de tren. Junto a mí, un muchacho llamado Hansel también se dedica a fregar platos. Unas mujeres gruesas y ordinarias cocinan y, luego, unos hombres gordos y cansados sirven a otros hombres que comen; y yo, a fuerza de tener el tufo a frito en la nariz, no tengo ni pizca de hambre. Inclinada sobre mí se halla la mujer más gorda del mundo, la jefa de cocina, que me trata con desconsideración, igual que el jefe de cocina. A ambos, mi compañero y yo los llamamos el ogro y la ogresa.

Me dirijo a la ogresa y le suelto que no pienso seguir fregando platos, les digo también a todas las mujeres que hay cocinando que necesitan amotinarse, pero ellas no conocen la historia del acorazado Potemkin, entonces les explico que es necesario sublevarse y hacer huelga; le digo al ogro que no es justo cobrar tan poco para sobrevivir, cobrar lo justo para poder ir a fregar platos al día siguiente. Pero él me da dos bofetones y me grita: «¡Comunista!».

XII

Me voy a una inmensa sala de espera de tercera clase y me hundo en profundas meditaciones. Sí, los misterios de la fe son muchos. A fuerza de repetir en el nombre del Padre, del Hijo y del Espíritu Santo estoy acostumbrada a concebir lo deífico como algo puramente masculino. No es que me sienta ofendida como mujer, pero si lo pienso, ¿dónde está la esposa de Dios? ¿Por qué eliminarla? ¿Por qué reducirla a un ser mortal para de este modo acaparar para sí toda la divinidad?

La sociedad capitalista es paternalista por excelencia y discriminatoria en su confrontación con las mujeres.

Es extraño cómo la voz de la conciencia impele a hacer sólo cosas ingratas. ¡Nunca te empuja a hacer cosas placenteras! La única forma de deshacerme de ella es satisfacer todos mis deseos.

Me dirijo inmediatamente al parque de atracciones del subterráneo. Allí me compro algodón de azúcar y pasteles; me lo como todo sin respirar, hasta hartarme. Juego en el *flipper*, robo monedas, subo a los cochecitos.

Justo al bajarme del tiovivo, eufórica y feliz, veo de lejos al comisario y a dos policías, me señalan con el dedo. Echo a correr y me meto en la primera barraca que me cruzo. La barraca de la mujer-bala.

Me escondo en una pequeña estancia detrás de la lona. Poco después entra la mujer-bala. Entonces me arrojo a sus brazos y, rozando el límite del miedo y la desesperación, le grito: ¡Mamá, mamá, mamaíta mía, ayúdame!

Ella me aprieta un poco contra su cuerpo y me cubre de besos, ¡Ah, qué feliz soy entre los brazos de mi madre! He sentido cómo me hacía pequeña pequeña y no sé si era yo la que menguaba o era ella, que tenía unos senos enormes; el caso es que me he encontrado de repente con la cara apoyada en esos grandes senos entre los que colgaba una crucecita de una cadena. Ella ha empezado a cantar una nana para serenarme; pero como yo sollozaba me ha sentado en sus rodillas y ha empezado una larga cancioncilla: trota, trota, caballito…

Qué reconfortante era estar en brazos de la madre, después de tanto tiempo, hacerse pequeña pequeña y sumergirse en su vientre y en su calor. En un determinado momento han llamado a la puerta del camerino y le he dicho: «Mamá, vienen a detenerme, creo que es la policía». Sin embargo, era un hombre-bala que venía para decirle antipáticamente que le tocaba salir a escena. He visto a mi madre echarse a llorar porque el hombre-bala le ha dado un bofetón. Lloraba por su triste suerte de mujer y de esclava. Entonces, le he explicado que en una sociedad revolucionaria no se daría nunca más la opresión de la mujer por parte de los hombres.

Pero ha contestado que la mujer ha sido siempre la sierva del hombre y que yo tenía que entrar en razón y encontrar un marido rico que me mantuviese. Ha empezado un discurso larguísimo sobre el hecho de que la mujer, desde hace siglos, ha sido la esclava del hombre y de que ésa es su condición natural.

La revolución pondrá fin a esa injusticia, he exclamado, pero ella no me ha oído y ha continuado llorando y diciendo que justicia sólo habrá en el Paraíso.

¡Dios mío, Dios mío, cuánto habrá que trabajar para despertar la conciencia de la Humanidad condicionada!

–Pero ¡tú no eres mi hija! –grita, de repente.

Se levanta inmensa por encima de mí y me da un bofetón tremendo. Me deja con la boca abierta.

XIII

Vuelvo a encontrarme en el bar y escribo en mi diario.

Después, me levanto, entro en un bazar grande, robo una brocha y pintura de color y escribo en todos los muros y en todos los trenes: ¡DESPERTAD!

Entonces aparecen los dos policías dirigiéndose de frente hacia mí. Huyo en dirección a las escaleras que conducen hasta los subterráneos de la estación. Bajo los escalones de cuatro en cuatro, empujando a todo el mundo. Consigo que pierdan mi pista y me escondo en una especie de taberna de la parte más fétida y sucia de esta ciudad bajo tierra.

Me encuentro cara a cara con la clase oprimida. Delante de mí está sentado un trabajador con un vaso de vino en la mano, le digo: «Es necesario hacer la revolución». Me mira con tedio. Le insisto: «Es necesario sensibilizar a las masas, provocarlas, despertarlas...». Él asiente sin interés.

–¿Dónde están tus compañeros?

Se vuelve, mirando alrededor. Los compañeros están todos con los ojos clavados en el televisor.

Le digo que es necesario destruir todos los televisores. Él asiente. Le digo que es necesario eliminar la televisión en cuanto a ilusoria felicidad del pueblo. Destruir esa ilusión simboliza exigir una felicidad real. Él asiente. Qué maravilloso es tener contacto directo con las masas oprimidas. Continúo diciéndole que la televisión es la representación fantasiosa de la esencia humana, el opio del pueblo, la solución irreal de sus problemas y necesidades reales, y que abolir tal solución ficticia significa exigir una solución real a necesidades reales. Él asiente. Finalmente alguien con quien hablar, alguien que me da la razón. Finalmente un compañero. «¿Dónde están tus compañeros?», le pregunto y él continúa bebiendo. No es necesario hablar. Lo pilla al vuelo. Me ofrece de beber y me da la mitad de su bocadillo.

Yo sigo hablando y él continúa asintiendo. Me sonríe, me da la razón. Se ha convertido en lo que es por tener demasiado trabajo. Hay que liberar a la Humanidad de la opresión.

«¿Dónde están tus compañeros? ¿Dónde están los revolucionarios?» Quiero unirme a la fuerza proletaria; proletarios del mundo, uníos. Pero ¿dónde van por las noches los trabajadores?

Los trabajadores se reúnen en sus tugurios, delante del televisor. ¿La integración obrera es un hecho consumado? No, ellos esperan la señal de la revolución. El aire es sofocante, Dios, Dios: qué calor hace. Me arden las sienes, tengo fiebre. ¿Puede un revolucionario tener fiebre, las sienes ardiendo, y por tal cosa quedarse sentado?

¿No podría, al menos un rato, retrasar mi insurrección revolucionaria definitiva?

¿Por qué el cielo no me ayuda? ¿Sólo con dejar de creer es suficiente para ser abandonado de esta forma, bajo tierra, en el laberinto de una estación?

Dicen que la población se rebela. Por todas partes donde hay miseria la gente se rebela, pero ¿dónde están los revolucionarios? Están esperando la señal de la revolución.

Fuera de la ciudad, en la periferia, en cualquier parte desconocida por mí, se esconden hombres con fusiles preparados para la insurrección. También ellos, como yo, están esperando a alguien. Yo sería mucho más fuerte si no tuviese tanto calor. Ellos no esperan otra cosa que un líder para empezar su lucha.

El papel de líder también está esperando a alguien. Y en mi opinión sería mucho mejor que el líder fuese *alguien,* y en verdad todos piensan como yo; yo misma soy la primera en esperar cualquier cosa de mí. ¿Dónde están las fuerzas revolucionarias? ¿Dónde van por la noche los proletarios?

Salgo fuera porque hace calor. Los pobres tropiezan en su caminar. La gente se suicida ante mis ojos por minucias. Los pueblos subdesarrollados esperan también. Los ricos acumulan riqueza. Los pobres esperan y tropiezan en su camino. Nadie se preocupa. Debo obligatoriamente dar a conocer el asunto, pero nadie me ayuda.

Todos los ricos están ocupados en comer, en ganar dinero o en ir a la ópera. Estoy contenta de ser «nada-teniente». La miseria me oprime. Quiero sentarme a la derecha de Dios Padre en el palco real. Pero también estoy contenta de no pertenecer a los pobres y a los oprimidos. Porque así puedo hablar de ello.

Se hará justicia, basta con ser apocalíptico.

Un discurso serio y espiritual. Después de todo, si las masas oprimidas mueren es mucho mejor, puesto que somos muchísimos en este planeta. Personalmente no pertenezco a las clases oprimidas. ¿Acaso no he sido invitada a la ópera? Quiero sentarme a la derecha de Dios Padre en el palco real. Podría dar un discurso sobre las masas oprimidas.

«¡Señoras y señores! Soy una revolucionaria», grito; pero no obtengo el efecto deseado. Nadie me escucha. Repito: «¡Compañeros, soy una revolucionaria!» Además, el coro ataca con *Aida.*

Grito que soy una revolucionaria, y declamo de memoria un poema del Che Guevara.

Nadie me escucha. Me sentaré a la derecha de Dios Padre. Grito. Mi sangre y mi cuerpo por las masas oprimidas. Ellos gritan: «¡Pan y pan!». Estoy con ellos.

El momento de la subversión está cerca. Sólo se espera una señal. Un gesto mío y la revuelta puede hacerse efectiva. Pero tengo fiebre. Me tiemblan las rodillas. El suelo está lleno de cadáveres de gente hambrienta. Sigo esperando la señal.

XIV

–¡No soy un alienado! –me grita en la cara un muchacho.

Me derrumbo y me ruborizo.

–Para tu información –continúa él–, no soporto a las chicas impertinentes, presuntuosas e intelectuales.

Me suelta una sonora bofetada.

–Disculpe, señor –balbuceo.

–Nada de disculpas. No soporto a las chiquillas pseudo-revolucionarias. Para tu información, las mujeres en general, pienso yo, no son capaces de hacer nada notable jamás. Son estúpidas por naturaleza.

–Disculpe, señor –le digo–, pero creo que usted es el típico macho condicionado por la sociedad burguesa.

–¿Ah, sí? Entonces, ¿cómo es que durante milenios ninguna mujer ha hecho nada importante?

Me irrito, no por ser mujer, sino porque este intelectual burgués me crispa los nervios.

–La mujer ha sido esclava del hombre durante milenios; y si el hombre hubiera sido esclavo de la mujer durante milenios estaría en las mismas condiciones de vulnerabilidad –replico.

–¿Cómo te llamas? –pregunta acercándose a mí.

–Penny.

–¿De modo que eres una insoportable *suffragette* petulante y pseudo-revolucionaria? Detesto a las mujeres gansas con opinión.

–No soy una gansa.

–¿Crees que es muy revolucionario insultar al prójimo?

–Disculpe, no es mi intención ofender a nadie, yo lo que quiero es provocar a las masas, descondicionar, descosificar, sensibilizar y responsabilizar a las masas…

–¿No querrás citarme de memoria todo tu manualito revolucionario? –exclama arrebatándome de las manos mi cuaderno.

–No es un manualito, es mi diario.

–¿El diario de una revolucionaria? –observa hojeándolo y echándose a reír. Me pregunta si de verdad pretendo con mi cerebro de chorlito descondicionar a la Humanidad. Y también si según mis teorías él es un escritor, un verdadero escritor, un verdadero artista, un verdadero poeta y, además, un actor a tiempo parcial, lo bastante inteligente y lúcido como para distinguir a una gansa de una revolucionaria.

Según él, las mujeres más tontas son precisamente aquellas benditas mujeres con opinión, como yo. Y, además, basta mirarme a la cara para comprender que soy una de esas benditas mujeres tontas con opinión, una de esas tocapelotas tremendas, intelectualoide y sofisticada con las que él ni cobrando se casaría.

Le he contestado que no busco un matrimonio ni la alienación, que soy partidaria de la liberación sexual; y aquí me estaba refiriendo a toda esa absurda erudición sobre el orgasmo que aquel tipo que me encontré, por fortuna, me había enseñado. Entonces va y me dice que veía muy claro que era una *suffragette,* una bruja lógica y lúcida espantosa, incapaz de llegar al orgasmo a causa de los tabúes y las inhibiciones.

¡Claro que sí, hombre! Le he gritado en toda la cara que he hecho un esfuerzo tremendo para salir de las tinieblas de la Edad Media y abandonar los tabúes religiosos, para poder tener mis propias opiniones, y que no tenía ninguna intención de renunciar a mi conquista personal del placer de irme a la cama con él.

El canalla me ha contestado que si se dignaba hablar conmigo era sólo porque le daba pena, con mi carita aterrorizada y con mi expresión perdida, y al sentirme tan bien retratada en sus palabras me he echado a llorar. Aunque intentaba con todas mis fuerzas poner una expresión inteligente, no lo conseguía, y entre lágrimas le he preguntado:

–¿Cómo puede considerarse artista un hombre que juzga a las mujeres como una *raza* biológicamente inferior?

–¡Ah! –responde él, irritado. ¿Así que no creo que sea un artista…? ¿Quiero, acaso, ver y tocar con las manos las hojas, los textos teatrales, que lleva en el bolsillo? Con los ojos desorbitados se abre el abrigo y saca de todos los bolsillos interiores y exteriores manuscritos y papeles que me pasa por las narices–. ¡Esto es un drama! –exclama–. Y esto una comedia, y esto otro un musical.

Con los ojos desencajados me agita los folios ante la cara y grita con la voz cada vez más aguda que es un artista y que yo, siendo como soy estúpida, soy incapaz de reconocer a un genio entre la gente normal, y que sólo si fuese famoso me inclinaría ante él.

Me ofende terriblemente. No soy en absoluto alguien que corra detrás de las celebridades, y sé muy bien reconocer quién vale y quién no vale puesto que no tengo la escala de valores de la sociedad burguesa. Así se lo he dicho, aunque él estaba muy imbuido de esos valores, puesto que ni siquiera percibía que tenía ante sí a una muchacha fuera de lo común. Añado que sólo un hombre excepcional puede estar cerca de una mujer excepcional como yo y no valorarla en cuatro duros por ir vestida con cuatro duros.

A lo cual me responde que sólo una mujer excepcional puede estar con un hombre excepcional como él y no valorarlo en cuatro duros sólo porque va vestido con cuatro duros y no es una celebridad.

–Disculpe, señor –balbuceo entre lágrimas–, pero yo no lo valoro en cuatro duros, yo creo que realmente usted es un hombre excepcional y pienso que su odio por las mujeres deriva del hecho de que no ha conocido nunca a una como yo, que soy, pese a mi apariencia, e incluso pese a mis imperfectos razonamientos, excepcional por lo diferente a todas las demás mujeres adaptadas a la sociedad burguesa. No he querido ofenderle y, de hecho, me encantaría poder leer o escuchar sus piezas teatrales.

Entonces, él admite la posibilidad de mi excepcionalidad, pero continúa diciendo que las mujeres en general son estúpidas, y que de qué iba a servirme leer sus obras maestras si no estoy a la altura de comprenderlas.

Me oprime una repentina angustia. ¿Será posible que para una vez que encuentro a un hombre que me interesa éste no soporte a las mujeres?

–¿No será usted, por casualidad, uno de esos homosexuales que odian a las mujeres? –le insinúo.

–¿Por qué? –me responde–. ¿Acaso tengo el aspecto de un homosexual?

Me pongo roja y no sé qué decir.

Él se inclina hacia mí y me da un beso en la mejilla. Dice que me besa precisamente porque no soy una mujer, sino un gato, el gato que ha estado buscando toda su vida y que nunca había encontrado.

Siempre he sabido que entre mis diversas personalidades la de gato era predominante, pero siempre he tratado de reprimirla.

Y así fue cómo, escindiéndome en dos personas y descartando la parte consecuente y responsable, se llevó con él la otra parte de mí, que es parecida a un gato. De ahí en adelante se inició un proceso imparable y una metamorfosis cuyas consecuencias no pude prever, puesto que, en aquel momento, la carencia de afecto me ofuscaba la mente.

XV

Me lleva a su barraca, que está detrás de las vías muertas. Se pone una corona de oro en la cabeza, y un manto negro. Le pregunto por qué viste de ese modo y dice que va a recitar un texto para mí. Se aleja un poco y recita unos versos maravillosos. Le pregunto si los ha escrito él. Me contesta secamente que no. Son de Shakespeare, me dice. Se aleja de nuevo y sigue recitando versos.

–¿Shakespeare? –pregunto temerosa.

–No, son versos míos.

Se aleja de nuevo, empieza una invectiva contra las mujeres.

–¿Obra tuya? –le pregunto.

–No, es de Shakespeare, *La fierecilla domada.*

–Shakespeare era un burgués, y esta pieza teatral va contra las mujeres.

–Los gatos callejeros no tienen opinión ante su rey.

Enfurecida le digo que quiero hablar.

–Entonces te haré cortar la cabeza.

–Estupendo, pues me voy. –Y salgo de la barraca. Pero apenas fuera el estruendo de los trenes me angustia. De nuevo sola, entre la multitud, con todos mis problemas y todas mis decisiones urgentes que tomar. Cómo quisiera volver a la barraca y acatar las órdenes de un rey que decide por mí, que asume la responsabilidad de todo en mi lugar. Además, hace mucho frío aquí fuera.

Llamo a la puerta de la barraca.

–Disculpe... señor, hace mucho frío.

–Siéntate –ordena el rey. Se agacha y me abraza. Mis opiniones se desvanecen en el aire; ocupando el lugar de su murmullo me parece escuchar el ronroneo de un gato.

–No pienses más –me susurra al oído.

–No. Nunca más.

–¿Creerás en mí y sólo en mí?

Quiero otro beso, así que le digo que sí. Él se aparta y me mira con odio, lee en mis ojos la duda. Vuelve a preguntarme si creo que es un artista y si dejaré de manifestar opiniones.

Quiero otro beso y pienso en Fausto, que vende su alma a cambio de la juventud, y me pregunto si puedo vender mi inteligencia a cambio de un poco de amor. La estupidez bien vale otro beso, me digo.

XVI

Me acaricia por todas partes. «¿Gato, gatito, dónde están tus garras?», pregunta.

Soy un gato, por tanto no tengo voz.

Cuatro pequeñas patas peludas, nariz rosa, orejas rosadas, lengüecita rosada y tantísimo calor. ¿Cómo se hace para salir de esta cama?

Él es el rey que conduce a su gato, cada vez más gato, al bosque. No tengo nada que temer porque él está conmigo, nariz contra nariz, ojo con ojo; tiene cuatro ojos y además uno en la frente, como un cíclope.

Entonces empieza a exponer que el amor es como una tira cómica, una necedad, cuando lo cierto es que el amor verdadero se reconoce enseguida, pues se te aparece como una idea fija, una angustia de perder el objeto del amor, pese a que cuando lo tienes pegado a ti también parece que se vaya a perder, y se piensa que en realidad no está, y que quizá ha dejado sólo su cuerpo junto a ti y él, justo él, se ha marchado dejándote sola. Quizá tengo todos estos pensamientos porque se ha quedado dormido sin decirme, mira, me duermo y te dejo porque me duermo, pero está claro que si uno se duerme no puede avisar antes de dormirse.

Entonces siento el deseo de llamarlo a gritos mientras duerme, para asegurarme de que está ahí, que está a mi lado, y que es él y no cualquier otro, quizá el diablo, y no sé por qué pienso en el diablo, ya que no creo en él, pero es cierto que no creer en él no significa nada si en medio de la noche me abandona abrazada a ese diablo en el cual no creo. En la duda, lo despierto y le ruego que me llame a voces a fin de escuchar mi nombre y no seguir pensando que no soy yo, ni que me he convertido en una mesa, en una pantufla, en una silla, durante el tiempo que él ha estado dormido. Es posible, incluso, convertirse en una piedra si no hay nadie que nos llame, y ése es mi miedo más temible, que no es sólo a que él se vaya durante el sueño, sino a que yo también desaparezca y me vaya, y que allí no queden más que nuestros cuerpos abandonados y abrazados. Así que lo despierto otra vez, y entonces me dice que soy insoportable y se pone a gritarme, por fin, tal y como yo deseo.

Pero, aunque me llame y yo responda, lo que significa que estoy realmente aquí, siempre está la duda de que él vuelva a irse en cuanto se duerma y entonces, para no quedarme sola, me voy hacia arriba, cada vez más lejos, como un globo que asciende en un mundo cada vez más frío, y desde lo alto puedo ver a los pobres y a los hambrientos, en una llanura inmensa de muertos y asesinados. Entonces, grito con todas mis fuerzas para que alguien me recoja y me dé refugio cerca del calor, mientras una voz me dice que no puedo volver a lo cálido porque hay muchísimos pobres y hambrientos y asesinados, y que es necesaria una revolución. En este punto está claro que tengo miedo a que me abandone, puesto que no lo dejo dormir y lo molesto con preguntas absurdas sobre la vida y la muerte.

Me dice que me calle de una vez y que no me preocupe. Que está a mi lado, que deje de preocuparme por problemas inútiles y que no sea idiota, y luego me dice que soy su estúpido y adorado gatito y se vuelve a dormir.

Está claro que un día me abandonará, porque cómo se puede vivir con una muchacha estúpida, que tiene miedo, que hace preguntas terribles e inoportunas, que no tolera la paz, la calma, la felicidad, que no lo deja dormir acosada por voces y pesadillas. ¿Puedo acaso decirle que justo ahora lo veo todo ensangrentado?

Está claro que me aferro a él por ser el único que me pone los pies en la tierra y en la realidad. Lo necesito. Por otra parte, él necesita ser muy amado, ¿quién podrá amarlo más que yo? Si el amor es también necesidad del otro, ¿quién podrá amarlo más que yo, que lo despierto de noche para recordarle que estoy allí por si lo hubiera olvidado?

Ciertamente no es grato estar con una muchacha que vaga entre cristales rotos, entre espadas y cuchillos, mientras su amor duerme el sueño de los justos porque es capaz de creer en sí mismo.

Seguro que él cree en sí mismo, puesto que me dice que soy estúpida, que digo estupideces, y se ofrece a defenderme.

Es muy confortable estar al lado de alguien que tiene razón, que sabe cómo son las cosas y que sabe que estoy equivocada. De hecho, me da tanto miedo el mundo que me he resignado a estar siempre cerca de él. Él me viste, me peina, me trae el café a la cama, me trata como a su niña y como a su reina, va a trabajar y cuando vuelve encuentra allí a su niña, preparada para él. No me apetece en absoluto asomar la nariz al frío exterior.

Me quedo aquí, en el inmenso lecho matrimonial, bajo las mantas, a oscuras y al calorcito, como en el vientre de una ballena, y al fondo, al fondo, veo una luz y me parece reconocer a Geppetto, con la cara de mi amor, con una vela encendida. Dice que me he convertido en una chica respetuosa, buena y obediente y yo hago lo posible para demostrarle que ya no soy la niña traviesa y rebelde que era y él me perdona.

En el fondo, esto era todo lo que quería, y valía la pena atravesar montes y valles, continentes y países, para llegar a este lugar desconocido y acabar aquí, en una barraca pequeña, bajo las mantas de un gran lecho matrimonial que, además, es el vientre de una ballena.

Me perdona porque he renunciado a conocer el bien y el mal y confío en él y él tiene la cara del hombre que amo y tiene razón, pues no duda de sí y en cambio yo dudo de mí.

Estoy muy bien en este lecho matrimonial y así se cumple mi iniciación al misterio del amor, en el vientre de una ballena; y el vientre de la ballena es en realidad la cúpula de mi iglesia, y yo sujeto mi candelabro para iluminar el camino por el vientre de la ballena, como ella camina por el vientre del océano.

No sacaré jamás la cabeza fuera de estas mantas porque no quiero ver, no quiero saber, lo que sucede fuera.

Y precisamente mientras me trata como a una niña tonta, y me tiene en sus rodillas cantándome trota, trota, caballito, y me besa y me abraza, me da la sensación de que no es la primera vez que me encuentro en las rodillas de un hombre que me canta trota, trota, caballito. La cosa debió de ocurrir hace mucho, en la infancia, en las rodillas de un hombre que me cantaba trota, trota, caballito, y que realmente me quería mucho, aunque se quejara.

No se puede desear por toda la vida que te canten trota, trota, caballito, pero yo llevo dentro de mí aquella niña que grita y patalea porque quiere que le canten trota, trota, caballito, lo cual, obviamente, no es posible ya por la edad, y ocurre que, de pronto, me canso de hacer el caballito y salgo huyendo.

Me pierdo adrede en el bosque, porque sé que indefectiblemente hay un lobo que me comerá. Las niñas con caperuza roja son mucho más astutas y complicadas de lo que se cree, porque saben de sobra que han tomado el atajo aposta, pero disimulan muy bien porque están muy bien con su lobo, en un oasis maravilloso, en un enorme lecho matrimonial, mientras alrededor los leones rugen.

Si sacas un pie fuera de la cama te lo dejarán en el hueso pelado, porque esos animales te devoran en un santiamén a menos que uno coja un fusil, cosa que no tengo a mi alcance ni él tampoco. Así que nos quedamos refugiados en este lecho, lo cual no me desagrada, adoro este oasis en mitad del desierto.

–¿Adónde vas? –pregunta.

–A ver a mi abuelita.

–¿Ah, sí? –Abre la boca.

–Abuelita, abuelita, qué ojos más grandes tienes.

–¡Para verte mejor, niña mía!

–Abuelita, abuelita, qué brazos más largos tienes.

–Son para abrazarte mejor, niña mía.

Y me devoró y así descendí a la panza del lobo, que era una ballena y al fondo vi a mi padre y le grité: «¡Papá, papá, no lo haré más!». Y después vi al Hada Azul, con la cara de mi madre y le dije: «¡Mamá, mamá, no lo haré más!».

En ese momento abrí los ojos y vi entrar por la puerta al rey y a la reina de corazones.

–¡Desvergonzada! –exclama la reina, que es mi madre, viéndome en la cama con el rey, su marido. Y presa de un ataque de furia brama–: ¡Decapitadla, decapitadla! –Y da la orden al ejército de corazones de que me corten la cabeza.

Empiezo a sentirme muy incómoda. Es cierto que hasta aquel momento había tenido discusiones con la reina, pero sabía que de un segundo a otro esto iba a ocurrir y pensé: ¿Qué va a ser de mí? Parece que en este lugar les divierte mucho decapitar a la gente.

–¡Que la justicia emita su veredicto! –dice el rey.

–¡No, no! Primero la sentencia y después el veredicto –replica la reina.

–Tonterías –dice otra voz–, qué es eso de emitir primero la sentencia...

–¡Mantén la boca cerrada! –aúlla enloquecida la reina.

–No.

–¡Que le corten la cabeza! –grita la reina con todas sus fuerzas.

–Pero ¿a quién vais a obedecer? –pregunto. (En ese momento recuperé de nuevo mi estatura normal.)– ¡Si no sois más que una baraja de cartas!

XVII

Sin embargo, oigo una vocecilla que me susurra al oído que no puedo ser feliz, me lo impide de todas las maneras posibles, aferrándose a mi estómago en los momentos más inoportunos. Es un hecho que me dan escalofríos y siento una angustia enorme cada vez que me parece escucharla, pues esa voz me advierte de que: «Si continúas siendo feliz una desgracia se abatirá sobre ti».

Entonces, me aprieto contra él y él me abraza fuerte fuerte, pero estoy inquieta y no paro de pensar qué desgracia me ocurrirá. Curiosamente, no pienso en morir, pero sí pienso que muere él, mi tesoro. Si el infierno es la privación de Dios, para mí el infierno es la privación de mi amor; por tanto, mi amor es Dios. Me agito entre sus brazos, lo abrazo, me abraza. No es posible estar más cerca. Vuelvo a agitarme y él pregunta: «¿Qué pasa? ¿Qué pasa?». Sólo puedo decirle, mientras estamos abrazados y felices, que no me está permitido ser feliz, y me apresuro a preguntar si se encuentra bien, si tiene frío, y él vuelve a preguntar:

«¿Qué te pasa? ¿Qué te pasa?». Y yo le respondo que tengo ganas de llorar, y me contesta que es imposible ser más estúpido que yo, y me abraza.

Mientras tanto, se me ocurre una idea magistral para engañar a la vocecilla obsesiva que me acusa. Gritarle que soy tremendamente infeliz, con la intención de que no me mande la desgracia si soy feliz; y para convencerla, puesto que no se fía, me invento un dolor horroroso en el pie izquierdo y casi me rompo la pierna al caerme. Ahora ya puedo estar tranquila en brazos de mi amor, pues sufro muchísimo por mi pie izquierdo y así es imposible que pueda parecer feliz, lloro todo el rato de dolor. Por fin se compadece y me seca las lágrimas con besos tiernos; me colma de felicidad ser mimada y *tener pupa*, como cuando era pequeña y mi padre me cogía en brazos y me susurraba: «¿Tienes pupa?». «Sí, tengo pupa», respondía y lloraba, y en realidad lo único que quería es que mi padre se preocupase por mí.

Es necesario tanto, tantísimo afecto y ternura y amor para llenar mis enormes depósitos vacíos.

Estoy segura, y lo pienso a menudo, de que al menos en mi lecho de muerte alguien vendrá a decirme por fin, aunque sea demasiado tarde, que soy buena y obediente y que todo ha pasado y que ha sido lo que ha sido.

Pero lo dudo, podría morir mil veces de hambre y de frío en esta horrible ciudad llena de humo y nadie se acercaría a mi cabecero, porque en esta ciudad se puede rodar por el suelo y morir como un perro sin suscitar reacción alguna.

Hubiera muerto así, con mis depósitos de afecto vacíos, sin saber dónde refugiar mi alma de no ser por él, que me ha abrazado, me ha recogido, me ha protegido, y por eso siento una gran felicidad, nunca he sido más feliz, y es algo que no quiero esconder a la voz obsesiva que todo lo ve y que me pregunta si de verdad creo que a este mundo se viene para quedarse a resguardo en los brazos de papá y mamá.

Y eso es cierto, también él se cansará de tenerme siempre abrazada, pues yo, lejos de sus brazos, vacilo y apenas sé caminar sola. ¡Virgen santa!

Pero nunca he sido tan feliz como entre sus brazos. Para ser sincera, no he sabido realmente qué era la felicidad hasta este mismo momento.

La felicidad tan buscada, hela aquí; la felicidad era estar en la bolsa de un canguro cuando afuera nieva; la felicidad era ser pequeñita pequeñita en los brazos de alguien que es grande grande; la felicidad era estar en un pesebre con un buey y una mula que te dan calor con su aliento.

La felicidad es estar a oscuras, al calor, y estar vivo mientras delante de ti los demás se pelean y disparan. La felicidad es nacer Sancho Panza y encontrar en tu camino a un caballero andante que combate a los malos y protege a los débiles; es hacerse diminuta, menguar hasta alcanzar el tamaño de una pelotita de ping-pong en las manos de un jugador hábil; la felicidad es ser comida de un solo mordisco.

Dios mío, ¿por qué debería terminar mis días bajo un tren sólo y exclusivamente para castigar mi felicidad? ¿Qué tremenda culpa tengo o cometo al perseguir mi felicidad? ¿Qué culpa he cometido para ser castigada de este modo? ¿Estoy maldita? ¿Loca? ¿Puede esperar la revolución hasta mañana o pasado mañana?

XVIII

Mi amor me envuelve en su reprimenda, me dice que me calle, que no haga preguntas, que no cuestione nada, que no me obsesione, que ya piensa él. ¿En qué piensa él? En todo, no quiere que yo piense porque soy una estúpida.

¿Hay alguien más gato que yo? Lo único que espera de mí es que esté calmada y tranquila como un gato. En el fondo pide muy poco, me pide que lo ame con A mayúscula, y cuanto más me reduzco a mi papel de gato más indispensable me resulta él, puesto que si no está él ¿qué puedo hacer yo si no soy capaz ni siquiera de pensar? Por suerte, aun siendo estúpida, he encontrado a un hombre inteligente y genial que escribe y que piensa hacer la revolución en mi lugar. De hecho, si renuncio a mi vocación de revolucionaria es sólo porque, con toda probabilidad, soy más útil a ésta atendiendo a un hombre que está escribiendo una obra revolucionaria a favor de la liberación de las masas oprimidas. Pero me cuenta que está escribiendo un musical. ¿Puede un musical ser una obra revolucionaria? Todo puede servir de instrumento para la revolución. De noche, mientras él duerme me invade la angustia. Lo despierto y le digo que, por encima de todo, lo que quiero es ser santa. La santidad no necesita organización de las masas.

Ha abierto los ojos como platos ante mi afirmación y ha contestado que no entendía que me diera por ahí de repente cuando tanto él como yo éramos ateos.

Le he hecho la observación de que, en verdad, me consideraba una chica moderna y emancipada, pero que era atea de día, no por la noche.

Se ha vuelto a dormir.

Efectivamente, tiene razón; él puede dormir porque con su ateísmo ha resuelto todos los problemas, pero yo no, yo todavía tengo el problema no de Dios, sino de hacer el Bien. No es que crea en el Infierno o en el Paraíso, pero todavía creo que se puede ser santo, al margen de que se viva haciendo el bien o no, que son derechos humanos.

Se pasa la mano por el pelo y me mira con rabia y dice que no puede más conmigo, y que si lo que quiero es que se levante para ir a ocuparse de los hambrientos. Su mirada está llena de furia.

Me asalta la duda de que mi miedo a la muerte derive de que todavía no he resuelto el problema de la vida; en cambio, él ya lo tiene resuelto y como es un materialista lo ha resuelto rápido y eficazmente; no tiene miedo de acabar como un puñado de huesos, pero yo sí.

En el fondo, tengo toda la vida para pensar en ello, o quizá podría aplazar estas ideas hasta justo antes de morir.

Es fácil declararme atea en medio de un montón de bigotes que creen en un Dios que está en el cielo, pero luego, cuando me encuentro con un hombre que me asegura que todos vamos a acabar siendo polvo, el ateísmo me horroriza.

Además, suena un poco como un agravio lo de amar a un hombre y no pensar como él, sobre todo por él, que se siente ofendido e irritado si pongo en duda sus afirmaciones, y me hieren incluso las caricias. El caso empieza a preocuparme porque debo admitir que el espíritu no existe y la supervivencia del alma tampoco. A decir verdad, ante esta visión lógico-científica-materialista del mundo me siento muy mal, y cuanto más miedo tengo más lo necesito a él y más me protege y me asusta su visión del mundo.

Somos materia y polvo y nada más. ¿Y el alma? ¿Y el alma...? Entonces, aunque él esté cerca de mí, me siento sola y apenas soy capaz de sostener sobre mis hombros el enorme peso del vacío de Dios.

Entre dos se sostiene mejor semejante vacío, porque de alguna forma él ha ocupado lentamente el lugar de Dios, se presenta a mis ojos como un ser infalible e insustituible. Él ha tomado para sí los atributos de Dios, yo se los he concedido, y ahora soy una súbdita de esta nueva divinidad y no puedo permitirme siquiera tener un Dios en la cabeza sin ser objeto de mofa a sus ojos.

No es agradable resultar irrisoria ante quien se ama, porque, efectivamente, yo le amo porque me protege y porque tiene razón. ¿Puedo entonces discutirle la cuestión de la existencia de Dios o del alma, que no es algo que me sea indiferente, de tal manera que él tenga motivos para abandonarme?

Si está equivocado respecto al alma, ¿por qué no iba a estar equivocado también sobre mi persona y sobre mi estupidez y la de todo el género femenino, que según él es, por naturaleza biológica, tremendamente estúpido e incapaz de razonar y de hacer algo genial?

En este mundo inteligente-lógico-materialista en el que somos tan sólo hígados, páncreas y huesos me siento presa del terror. Aunque él me abrace continuaré temblando y siento que sólo él puede darme paz diciendo que nada es cierto, que no piensa todo lo que dice.

La idea de que no soy más que piel y huesos y que mi cerebro piensa porque tiene materia gris dentro me aterroriza. Si esta materia se hiciese más gris yo tendría otras ideas. ¿También él es sólo piel y huesos? Me aprieto contra él y lo despierto y me dice que no le gusta hablar de la muerte, pero yo le grito que quiero un alma inmortal, que no quiero ser un objeto. Mi voz ya no parece humana, tanto es así que por fin se hace cargo y me abraza fuerte y me llama tonta mientras yo grito y lloro. Me dejo acunar y olvido las cosas horribles que me asustan, las visiones monstruosas que me asedian con los ojos abiertos –y todavía más con ellos cerrados–. Dice que soy tonta.

Me pregunta si pretendo matarlo privándolo del sueño y en esto también tiene razón. El hecho de que yo me alimente de los pensamientos hostiles hacia mi amado es casi verdad y, efectivamente, lo odio mientras duerme, lo odio mientras duerme y yo sigo despierta y ansiosa por todo, por culpa suya, porque no me concede la inmortalidad y la santidad del alma.

Sin él y sus decisiones a esta hora yo habría hecho estallar la revolución.

Si no lo hubiera conocido a él, que me ha dicho que soy estúpida y me ha convencido de serlo, yo, en este preciso momento, estaría con mi conciencia en su sitio, siguiendo mi vocación de hacer el Bien y de salvar a la Humanidad. Estaría haciendo cualquier cosa para subvertir la sociedad, para abolir las clases.

Sin embargo, me limito a esperar a que cualquier otro asuma la responsabilidad de iniciar la revolución en mi lugar.

XIX

Sólo pido que no me entierren antes de tiempo, que no me metan en una tumba porque soy cataléptica, hay una vida subterránea dentro de mí, en alguna parte, y mi muerte es sólo aparente, es sólo una amnesia, podría despertarme súbitamente por un repentino batir de alas en mi pecho, una gaviota en vuelo rasante.

Ruego, por favor, que no me entierren, porque mi parálisis es sólo una muerte aparente, mañana gritaré fuerte, mañana, al levantarme, un beso en la mejilla, dadme un beso en la mejilla y los velos de la memoria se rasgarán, una gaviota en vuelo rasante. ¿Quién ha gritado?

Que no me metan en una tumba porque mañana gritaré, que no me entierren por mi palidez; mañana, a más tardar pasado mañana, resucitaré, lo ruego, creedme, dadme un poco de tiempo.

Que no me metan en una tumba, pues mañana, como máximo en una semana, resucitaré, no tengo pruebas, sólo el recuerdo de un instante de vida que ha sacudido mi cuerpo como una corriente que después ha desaparecido en el aire. Sin embargo, debería saber que aquí, en este siglo, no se mete a los muertos en las tumbas, sólo a los vivos. Morir sin deceso, sin que suenen trompetas, morir sin saber la fecha de la muerte, morir sorprendiéndose muerto, encontrarse muerto de repente, sin la posibilidad siquiera de emitir un grito o de sufrir a nivel físico, respirando siempre, morir sin fallecer, estar ya muerto, sin saber ni cómo ni cuándo. ¿Morir es un verbo transitivo o pasivo? ¿Se muere como una acción voluntaria o se es asesinado?

¿Cuál es mi papel en esta muerte?

¿Estoy de verdad muerta sin siquiera haber deseado morir?

Fui tan diferente. Tan joven y ya tenía cientos de años. Estoy muerta sólo porque me doy cuenta de ello por deducción lógica, porque fui tan diferente. ¿Cuándo exactamente? Había un jardín del Edén en el que estuve durante un tiempo. ¿Es un recuerdo o una ilusión? Tan joven y ya con cientos de años. Hoy he muerto, quizá fue ayer.

Las causas de mi deceso se me escapan, sólo me quedan los síntomas. Falta de felicidad, de olores, de sabores, de emociones.

¿Cuándo ha ocurrido? ¿Cuándo ha empezado este proceso de descomposición?

¿He contribuido voluntaria o involuntariamente a esta muerte? ¿O he sido asesinada por circunstancias ajenas a mi libre albedrío?

Me miro en el espejo y percibo mi nuevo aspecto de perro triste, con mi hocico largo, y pienso en el tiempo en el que era una chica de carne y hueso, ahora no soy más que un perro, santo cielo, quisiera recuperar la forma humana y, sobre todo, quisiera poder pensar con mis propias ideas y no con las de mi padre, pero las he olvidado todas, las he enterrado en algún lugar y ya no recuerdo dónde ni cómo ni cuándo. Sufro tanto que no podré aguantar mucho en esta espera agónica. Un día aparecerán los de la perrera y me llevarán y gritaré. Mi dueño me exige total fidelidad y obediencia y no es nada amable en el intervalo en el que me mantiene mientras yo decido si matarlo o descuartizarlo.

No me atrevo siquiera a decirlo, pero esta noche lo aniquilaré, a menos que él haya traído consigo un dulce envenenado para quitarme del medio también esta misma noche.

Tengo que devorarlo yo antes.

Por su mirada alucinada deduzco que me ha traído el dulce con intención de librarse de mí, me he convertido en un peso incómodo e inútil, mis gritos lo importunan. Además, no hay que perder de vista que él tiene la capacidad de leerme el pensamiento.

Incluso si no expreso más opiniones y he perdido el don de la palabra, él parece leer en mi ojo izquierdo todavía un atisbo de conciencia. El asunto no le gusta.

Mi final está marcado de todos modos porque mi fidelidad lo cansa y no tolera mi posibilidad de traicionarlo, de la misma forma que no toleraría un perro infiel. Toda la seguridad en sí mismo se fundamenta en una base sólida y firme: mi fidelidad. Yo, de todos modos, soy el origen de todos sus males.

El asunto no es nada agradable para el *maestro* que desea ser, respetado en su integridad de hombre y de amante. ¿Qué hago? Oigo sus pasos acercándose. Desde hace un tiempo he notado que ni siquiera me encierra bajo llave, signo evidente de que desea que me escape. He intentado atravesar la puerta pero he sentido miedo. No es fácil para un perro callejero encontrar afecto y comida en otra parte.

A decir verdad, apenas sé mantenerme erguida sobre mis cuatro patas.

Ignoro quién de los dos aguantará más. Quién de los dos matará primero al otro. Descubro en mi ojo derecho el amor y la necesidad de él y en el izquierdo el odio por quien me ha reducido a esta condición.

Es evidente que otro perro puede quitarme el puesto con facilidad, cosa que él me hace sopesar haciéndome valorar también su bondad infinita por soportar a un perro inútil, por alimentarlo. Mi escudilla está casi siempre vacía; espero, esta noche me traerá un dulce envenenado, y si no lo hace lo devoraré.

Probablemente hay un gran malentendido en nuestra relación amorosa. Él me ama así, reducida y sin objetivo vital, con los ojos abiertos de par en par en la agotadora espera de su llegada. Se agacha a recogerme porque no tengo fuerzas para saltarle al cuello, me lleva en brazos sin decir una palabra. Se acerca para darme un beso; me pregunto, mirando sus ojos que brillan, si no será por casualidad que, como un satélite perdido, vive de la luz que se refleja obteniendo energía y potencia de mi fidelidad, de mi atención, de mi muerte, de la misma forma que yo vivo de su luz.

Él puede llevarme y soltarme donde quiera, cuando se va me quedo sola en la nieve y el hielo.

Hago de perra delante de él, a sus pies, una vez fui un ser humano, una vez no tuve ojos de cristal. Él siempre me parece un dragón de mil cabezas de Medusa que me petrifican, yo debo ser su víctima, ésta es la última cena. He de matarlo antes de que me devore viva, así que le ciego el ojo grande que tiene en mitad de la frente y él me persigue por toda la estancia, pero soy pequeña y me escondo bajo la silla, y él es inmenso y no me encuentra, goteando sangre, todo boca y dientes.

Me sigue por la habitación hasta que cae y rueda por el suelo.

En ese momento empiezo a hacerme más y más grande, hasta recuperar mis dimensiones normales. Mi ídolo está a mis pies. Me voy de esta casa, llena de sangre.

Era un marido autoritario y represivo.

No transcurre ni un minuto dándole vueltas a este pensamiento cuando dos policías aparecen de la sombra diciendo:

–Hace tiempo que la esperábamos, sabíamos que antes o después saldría.

Y mientras me llevaban con ellos hacia la cárcel, *ella* me ha hecho menguar y menguar cada vez más.

–¿Estás satisfecha ahora? –me pregunta la oruga.

–Bueno... disculpe –imploro–, si pudiese ser un poco más grande, siempre que no le importe, diez centímetros es una estatura muy mala.

–Es una estatura óptima –responde furiosa la oruga mientras se yergue unos diez centímetros y sigue hablando–. Uno de los lados de esta seta te hará crecer, el otro te hará menguar.

Me quedo pensativa mirando la seta. Pruebo un pedacito con la mano derecha para ver su efecto. Un segundo después siento un golpe fuerte en el mentón ¡que casi me llega a los pies!

XX

Me libro de los policías de un empujón y huyo. Subo al tren, a la línea circular que da la vuelta al perímetro metropolitano. Cuando arranca, me doy cuenta con alivio de que los dos corren detrás sin poder alcanzarlo. Suspiro profundamente de alivio. A lo lejos diviso al jefe de estación bajando la banderilla. Me parece que tiene cara de animal. Para mi sorpresa todos los ciudadanos que van en mi compartimento tienen cara de animales. Un muchacho que vende bocadillos tiende la pata hacia mí para coger sus cien liras, yo se las doy no sin cierta sensación de asco, su cabeza de chimpancé me aterroriza; me siento, he pagado y nadie puede arrestarme, por un rato, al menos, estaré tranquila. Miro el bocadillo, está lleno de gusanos, han querido asesinarme pero yo soy más inteligente, escondo el bocadillo en un calcetín y tiemblo con la voz del revisor, que quiere verificar los billetes. Tras unas horas tendré que esconderme en los baños de este tren que, además, parece moverse muy despacio y me está llevando de vuelta a la estación central.

Tengo hambre, pero no tengo el valor de comerme el bocadillo, me pregunto si han metido los gusanos aposta o si son consecuencia de la sofisticación, los sofisticados están por todas partes, la única cosa que todavía no se ha sofisticado es la carne humana, no me da ni tiempo de acabar esta reflexión cuando el señor de delante clava sus dientes en el señor que tiene al lado mientras, a su vez, otro señor a mi lado clava los dientes en mi carne. Me levanto para pedir socorro, pero veo que fuera del compartimento está el muchacho de los bocadillos con la mano tendida hacia mí, ofreciéndome otro, no sé qué hacer, disimulo; me vuelvo a mi sitio. Todos los señores que hay a mi alrededor han recuperado su cara humana para confundirme. ¡Creen que soy tan ingenua como para caer en la trampa! Se sientan muy formales y saben comportarse, disimulan como si tuvieran otros propósitos en sus vidas y en su viaje; en realidad, están ahí para espiarme, para estudiarme, para analizarme, para ver si me equivoco, si cometo un error... pero ¡yo no tengo ni un pelo de tonta! Sé perfectamente que llevan micrófonos ultramodernos para captar mis ideas revolucionarias, pero no les sirven porque me prohíbo con firmeza pensar, porque no soy idiota, llego al punto de prohibirme pensar de tal forma que ya no recuerdo qué estaba pensando justo antes de haberme impuesto la orden de olvidar cualquier cosa que hubiera en mi pensamiento.

Mis espías tienen pinta de estar abstraídos en sus cosas, pero en lo que están pensando todos es en qué debo estar pensando yo y en si tengo ideas revolucionarias.

Yo imito, imito muy bien, hasta tal punto que se me olvida imitar, me mimetizo, tengo aspecto de estar muy ocupada y de tener un objetivo claro hacia el que me dirijo, de tener deberes imprescindibles por los cuales mi mirada no puede vagar aburrida por el aire, en realidad sé bien que la única meta de mi viaje es ponerme a prueba, puesto que lo que ellos quieren es suprimir mi cerebro o eliminarme físicamente.

Se trata, por tanto, de establecer una señal; es todo una cuestión de semántica o de lingüística, también lo llamamos lenguaje simbólico, pero entonces, para una persona idiota como yo, no debería ser difícil entender una señal típica de complicidad que podría ser, por ejemplo, guiñar un ojo.

Así que empiezo a guiñar el ojo izquierdo para indicar la izquierda; es decir, el rojo, la revolución, el corazón, la sangre, pero me detengo dudando: ¿el corazón está a la izquierda o a la derecha?

Pongo la mano sobre el corazón, por suerte todo mi sistema de ideas es sólido y coherente, el corazón está a la izquierda. Un tipo en el pasillo se dirige hacia mí, guiño una y otra vez el ojo izquierdo, no tengo nada que temer puesto que lo peor que puede parecer es que tengo un defecto, un tic nervioso, nadie puede meterme en la cárcel por algo así. El tipo no guiña ningún ojo, decididamente éste no es comunista.

Pero entonces imaginemos que me encuentro a un hombre que guiña el ojo derecho, ¿quién podría convencerme de que es de izquierdas pero que tiene un tic nervioso? También Lutero decía que Satanás se escondía bajo las sotanas del Papa, y las cosas desde los tiempos de Lutero en adelante sólo han ido empeorando, porque Satanás ha desaparecido de la escena y puede afirmarse que el mundo se ha convertido en un símbolo de santidad. La fuerza de la reacción imita la santidad y podría darse el caso de que cualquiera dejase de fingir de manera que, finalmente, fuera posible reconocer a los enemigos. Pero ¿tendré el coraje de hacerlo? ¿Quién no tiene miedo del potro, de la silla eléctrica, de la rueda de hierro?

De momento finjo, pero mañana, como mucho pasado mañana, cumpliré mi misión.

Finjo hasta el punto de dejar a disposición de la autoridad, si no mis pensamientos, sí mi cuerpo; la última estrategia para engañarla mientras guardo para mí el ánimo, dejo que los señores del tren se alimenten de mi cuerpo, con gran disgusto; uno con una mano en mi seno, otro con la rodilla entre mis rodillas, otro con los labios sobre mis labios, otro con su mano en mi mano. En el fondo, es la Autoridad la que cae en mi trampa.

El tren pasa por un túnel, el compartimento se queda a oscuras, a ratos el túnel se interrumpe, la oscuridad y la luz se alternan; cuando está oscuro estoy en el vientre de un pez, cuando hay luz soy arrojada al exterior y me agito, puesto que nacer es un trauma, pero la oscuridad vuelve, vuelve para siempre y yo cierro los ojos. Cumpliré mi misión. Le pregunto al revisor:

–¿Va a Alemania este tren?

–Sí, a Alemania.

–¿Puede prestarme su pistola, por favor?

ESTE LIBRO SE ACABÓ DE IMPRIMIR
EL 22 DE AGOSTO DE 2019.

Lorenza Mazzetti
CON RABIA

Con rabia se publicó por primera vez en Italia en 1963. Muy pronto se convirtió en una obra de culto. Penny, su protagonista, trasunto de la propia autora, crece en una época (la posguerra) donde están en crisis tanto la vida como la moral. Junto a su hermana gemela Baby, en el apogeo de su insurrección interior y rebelión juvenil, con la rabia y la exageración propias de su edad, descubre y se enfrenta a un mundo que no comprende. Ambas viven en la inmensa casa familiar que han heredado, a orillas del Arno, en Florencia, con Elsa, la cocinera de la familia. Su sed de amor y pureza es absoluta, como su rechazo total a la hipocresía de las convenciones sociales. Penny y Baby, además, vienen de un pasado que sienten todavía demasiado cerca: son las únicas supervivientes del exterminio por parte de los nazis de sus tíos y primas, su familia adoptiva.
Con rabia no es sólo una novela autobiográfica, es una radiografía del dolor, de su asimilación, un manifiesto sobre la adolescencia, las dudas, el miedo y la revolución «íntima»; sobre el proceso necesario de olvidar para poder seguir viviendo. Es la reivindicación de una verdad en la que sostener la vida cuando la barbarie la ha privado de sentido. Pero no es sólo todo esto, también es un discurso sobre el amor o la verdad en boca de un personaje que pone en cuestión temas fundamentales de la vida como la educación, la religión, el papel de la mujer o el descubrimiento del sexo.
Una obra magistral con la contundencia de *El guardián entre el centeno* y la perspicacia de las narraciones de Natalia Ginzburg.

«Una pequeña obra maestra autobiográfica.» Mercedes Monmany, *ABC*